CW01667041

UNIVERSALE
ECONOMICA
FELTRINELLI

CONCITA
DE GREGORIO

Mi sa che fuori è primavera

© Giangiacomo Feltrinelli Editore Milano
Prima edizione ne "I Narratori" giugno 2015
Prima edizione nell'"Universale Economica" novembre 2016

Stampa Nuovo Istituto Italiano d'Arti Grafiche - BG

ISBN 978-88-07-88864-9

Questa è opera romanzesca che ha tratto ispirazione da fatti realmente accaduti.

www.feltrinellieditore.it
Libri in uscita, interviste, reading,
commenti e percorsi di lettura.
Aggiornamenti quotidiani

IL RAZZISMO
È UNA
BRUTTA STORIA.
razzismobruttastoria.net

Mi sa che fuori è primavera

I have spread my dreams under your feet;
Tread softly because you tread on my dreams.

Ho steso i miei sogni sotto i tuoi piedi;
Cammina leggera perché cammini sui miei sogni.

WILLIAM B. YEATS

1.

Io di te

Cosa sei venuta a dirmi, Irina? Perché hai bussato qui? "Vorrei che mi aiutassi, se puoi, a prendere le parole metterle in fila ricomporre tutti i pezzi che sento frantumati e dispersi in ogni angolo del corpo. Vorrei ricostruire i frammenti come si ripara un oggetto rotto, prenderlo in mano e portarlo fuori da me. Per tenerlo accanto, portarlo in tasca, metterlo in borsa ma intero, tutto intero. Pensi che si possa farlo, scrivendo? Se fossi stata capace l'avrei fatto, ma non sono capace e non ero pronta. Ora sono pronta. Voglio mettere un punto. Segnare il passaggio. Sento che sarà facile, se riesco a raccontare ogni cosa."

Quindi di cosa è fatto questo racconto?, e perché ci incatena a vicenda nei giorni senza che riusciamo a smettere senza che ci fermiamo più, giorni e giorni di parole e di risate e di lacrime e di voce che si rompe e poi di canzoni, hai mai sentito quella che fa così?, poi di nuovo l'amore: tu, Irina, parli sempre d'amore.

2.

Nonna carissima

Nonna carissima,

nemmeno quest'anno ci sarò per Natale. Non mi è più possibile stare con voi. Con papà e mamma, con Vittorio sua moglie e i suoi bambini. Vi amo moltissimo tutti, lo sai. Amo te più di ogni altro e ogni anno che passa penso che i tuoi sono tanti, non dovrei mancare, davvero, dovrei essere lì ad abbracciarti. Però c'è quel gigantesco elefante rosa in mezzo alla stanza, quando siamo insieme. L'albero le candele rosse le luci intermittenti la musica con le voci infantili i regali con i fiocchi dorati. E quell'elefante rosa, enorme, in mezzo. Che tutti fanno finta di non vedere, ci girano intorno come in un ballo triste, danzano da una poltrona all'altra senza urtarlo mai, non lo toccano, non lo nominano, non sollevano lo sguardo. Neppure noi attorno all'elefante riusciamo a guardarci, perché gli occhi di ciascuno sono uno specchio che riflette il dolore dell'altro e si amplifica, il dolore, cresce, alla fine resta solo lui.

Lo so, è un silenzio che nasce dalle migliori intenzioni. Se mi guardo indietro penso che in questa storia in fondo tutti abbiano agito sempre con le migliori intenzioni: persino quando erano incomprensibili e feroci avevano in quel momento, nella mente di chi le orchestrava, l'obiettivo di migliorare le cose. Terribile, no? Incredibile quanto male riusciamo a fare pensando di agire per il meglio. Mi capisci nonna? Tu che sai sempre tutto anche quando non sai, tu che tieni insieme ogni cosa, anche quello che insieme non sta. Sì, non c'è bisogno che ti spieghi. Non vengo, a Natale, nonna, perché quando guardo la mamma e lei solleva lo sguardo su di me vedo una tristezza che somiglia alla fine. Non ho la forza di sopportare il dolore degli altri. Io il mio elefante lo porto con me, lo accarezzo, lo cavalco, lo sogno. A volte è rosa, altre volte è blu, altre ancora diventa una balena in mare.

Carissima nonna, parto per la Patagonia con Luis domenica prossima. Andiamo a vedere le balene. Camminare, arrivare in vetta alle montagne, entrare nel fondo dei boschi, sedere in riva all'oceano mi fa sentire felice. Molto piccola e in pace. Luis mi fa sentire felice. Te lo presenterò un giorno, lo desidero tanto. Ti piacerà. Ha gli occhi che ridono e le mani grandi. Fa silenzio quando serve, poi sceglie le parole le trova e le cuce come ricami. Mi fa tanto ridere. Te l'ho detto che il suo lavoro è creare cartoni animati per bambini? Sono incantevoli. Te l'ho detto come è riuscito a vincere il mio rifiuto? Mi ha fatto un regalo incredibile, una cosa che si può immaginare solo in un film. Bisogna che ti guardi nei tuoi occhi di cielo, però, per raccontartelo: ho voglia di vedere il tuo sorriso timido mentre ti spiego la scena. Una meraviglia.

Mi sono sentita tanto in colpa di essere di nuovo felice, nonna. Era come se tutti mi dicessero: come puoi dimenticare, come puoi lasciarti indietro quello che ti è successo, come puoi partire per una vacanza, bere un bicchiere di vino, amare un uomo, farti amare nel piacere, dormire dopo. Come puoi essere ancora viva, insomma, e aver voglia di stare ancora nel mondo. Hai dimenticato le bambine? Vergognati. È come se mi dicessero che sono morta anche io, ed è uno scandalo che mi ribelli.

Ma io sono viva nonna, il dolore da solo non uccide e io sono viva. Dunque devo vivere, perché finché ci sono ci sarà il ricordo di chi non è più con noi. Vivo, il ricordo: vive loro nei pensieri. Dimenticare, nonna. Tu che hai camminato per un secolo lo sai che niente si dimentica ma tutto, a momenti, si deve poter prendere e mettere in un posto. Tenerlo in mano e metterlo in tasca, spostarlo sul comodino come fosse un fiore in un vaso, uscire, poi rientrare e ritrovarlo lì. Come potremmo vivere senza placare la memoria, che non vuol dire arrendersi, o dimenticare, ma lasciare che il caldo si raffreddi, che il bagnato si asciughi, che ogni cosa si trasformi e nasca un inizio da ogni fine. Che la fame si sazi per tornare a essere fame. Che il desiderio si estingua per rinascere. Che il sonno dia pace alla stanchezza per avere sonno di nuovo. Ogni minuto della vita gira attorno a qualcosa che non c'è più perché qualcos'altro possa accadere. Guarda. I bambini smettono di piangere l'assenza della mamma, all'asilo, e le corrono incontro ridendo quando torna. L'hanno dimenticata, in quelle ore? Ti amputano una gamba dopo un incidente, come è successo a papà, e con la protesi riprendi a camminare e persino a guidare la moto. Hai dimenticato la tua gamba oppure è proprio perché la ricordi – e insieme ne sopporti l'assenza – che puoi ancora muoverti nel mondo? C'è bisogno di essere felici, nonna, per tenere testa a questo dolore inconcepibile. C'è bisogno di paura per avere coraggio. È l'assenza la vera misura della presenza. Il calibro del suo valore e del suo potere.

Ti voglio bene, nonna Klara. Penso ai nostri segreti, penso a quando venivo da te ragazza carica di disastri, a come tu li domavi e mi coprivi, mi proteggevi e mi guidavi. Penso a te come alla mia casa, la mia famiglia. Tutto doveva ancora succedere, allora. Eppure molto deve accadere ancora adesso. Tu sei ancora lì, io sono ancora qui.

Tornerò con le balene da farti vedere nelle foto, ti racconterò il suono che fanno, perché cantano, lo sai?, le balene. Mi dispiace tanto non essere con te a Natale ma sono felice di poterti promettere che sarò felice, in questi giorni. Anche nel pianto, che certo come a ogni festa ci sarà, e più felice ancora proprio al cospetto e a sollievo del pianto. Vorrei che tu sentissi la mia gioia. Che provassi ad accarezzare l'elefante rosa mentre tutti lo ignorano, vorrei che gli parlassi all'orecchio. Digli, nonna, che deve stare tranquillo. Lo porteremo via di lì, lo lasceremo libero di nuovo, lo andremo a trovare ogni giorno ma non resterà prigioniero mai più. Diglielo nonna. Ti amo. Buon Natale.

I.

3.

Io di te. Bambola

Sei piccola, Irina. Piccola come una bambola piccola. La testa rotonda gli occhi rotondi le labbra rotonde. I capelli corti, tagliati da maschio. Un po' di rossetto, una sciarpa di seta. Sei arrivata un giorno con i pantaloni dentro gli stivali, una grande borsa, l'affanno nel respiro – ma erano le scale, è passato subito –, la testa inclinata verso destra nel tuo chiedere permesso col sorriso. Sembravi una bambola, proprio. Russa, ho pensato per l'inganno del nome. Sono di Ascoli Piceno, hai detto subito. Non conosco nessuno di Ascoli Piceno, ho pensato. Com'è, Ascoli? Bella, hai detto. Mi sono sposata lì, le foto sono belle. Così, quasi per prima cosa – prima ancora di dire com'era stato il viaggio, da dove arrivavi, quanto ti saresti fermata –, hai detto del tuo matrimonio.

Sei arrivata e hai portato nella stanza la calma e l'allegria. Non saprei dirlo diversamente: allegria. Tutto ti piace, tutto ti accende, ogni cosa in cui ti imbatti è una sorpresa a cui far festa. La macchina rossa del caffè, la vista dalla finestra, la musica nella radio – proprio questa musica, la amo tanto! –, una vecchia sedia, una visita imprevista. Dove abiti, Irina? In Spagna, adesso: nel Sud della Spagna. Ti piace? Moltissimo, moltissimo. È così quieto tutto, così caldo, così vicino all'Africa... Sai, dopo tanti anni di Svizzera, a Losanna, Granada mi pare un miracolo. Ridi di nuovo con la testa inclinata, ridi sempre così, come certi bambini. Anche i tuoi denti sono denti da bambina. Quando rispondi sì lo dici sempre tre volte: sì sì sì. Con una specie di timidezza e il tono che cala, una scala che scende. Dopo un po' ci si abitua e diventa una musica, un tuo speciale contrappunto. Hai un italiano arrotato, perfetto, pieno di parole fuori corso. L'italiano di chi ha imparato a parlarlo in un mondo di adulti, nel secolo scorso. Non conosci, mi pare, le parole della scuola e della strada. Da bambina devi essere stata uguale a ora, solo un po' più piccola, ancora più piccola. "Vivevo a Bruxelles, sono andata a scuola lì. Mia madre è tedesca, mio padre italiano. Il francese era la lingua del mondo fuori. Ho imparato bene l'inglese, ho lavorato molto negli Stati Uniti. Ora abito con gli andalusi, e provo a pensare in spagnolo." Tutte le lingue sono tue, Irina. E dunque in quale lingua sogni? "Sai che non lo so? Non credo mica che ci sia una lingua, per i sogni. Forse sono sogni muti," ridi ancora, "d'altra parte sogno tanto le balene, e le balene non parlano."

4.

Mathias

Perché ho sposato Mathias? Per non contraddirlo. Non mi sembrava importante sposarsi o no. Ero incinta, sarebbero nate le bambine. Pensavo a quello. Gli avevo anche detto: se non te la senti di stare con me non importa, vai pure. Non aveva reagito bene alla notizia della gravidanza. Anzi, a ripensarci adesso direi che quella è stata l'unica volta in cui l'ho visto perdere il controllo in tutta la nostra vita insieme. Quando gli ho detto sono incinta ha cominciato a balbettare, poi a raschiare la gola come se dovesse tossire senza riuscirci. Non ci voleva credere, diceva no no no. Come hai fatto, non è possibile. Non è proprio possibile, come è potuto succedere. Era un evento che non aveva programmato né previsto: una cosa inconcepibile per lui. In effetti sembrava impossibile anche a me. Tecnicamente, diciamo, non avrei dovuto restare incinta quella volta. Invece è successo. Gli ho detto: fai come vuoi, io vado avanti. Mi ha chiesto tempo, poi mi ha proposto una vacanza insieme, per parlarne. Siamo andati in Egitto. Non ne abbiamo parlato, che io ricordi. Non molto almeno. È tornato subito a essere quello che conoscevo. Tranquillo, positivo, allegro. Aveva ripreso il controllo della situazione. È stata una bella vacanza, serena. Io ero felice della gravidanza. Lui mi ha detto: avremo una famiglia, dunque sposiamoci. Sposiamoci in Italia, a casa tua. Ho pensato a casa mia – ai campi intorno, all'albero su cui da piccola volevo costruire la casa di legno, quello che si vede dalla finestra della mia stanza – e ho detto: va bene.

Com'era Mathias? Fisicamente? Era bello. Alto, sportivo, biondo. Un po' strabico, ma non mi ricordo se strabico verso l'interno o verso l'esterno. La memoria fa certi scherzi: lavora, proprio. È una specie di salvavita: quando deve cancella. Delete. Strabico comunque, questo lo so: i suoi occhi andavano in due posti diversi. Ma poco, una cosa affascinante e un po' ipnotica. La prima volta che l'ho visto mi ha fatto ridere tutta la sera. Eravamo in montagna in uno di quei fine settimana che la nostra azienda organizzava per far conoscere i dipendenti di paesi diversi. Lavoravamo per la stessa multinazionale. Io, italiana, a Losanna. Lui, svizzero, in Italia. A Bologna. Una specie di scambio di posto, abbiamo cominciato a parlare di questo. C'erano una sessantina di persone. Non mi aveva colpita in modo speciale, avrei anche passato la serata con altri. Solo che dopo le presentazioni ogni momento me lo trovavo vicino. Era sempre lì, io mi spostavo e lui era lì. Gentile, educato, premuroso. Raccontava aneddoti divertenti, era molto allegro. Ricordo che mi apriva le porte. Un gesto insolito, antico. Era serio, una persona seria. Solare, anche – così biondo bianco e ridente –, ma fermo. Come una roccia in mezzo al mare. Ha insistito perché ci vedessimo ancora. Ci siamo visti. Era una persona di princìpi molto saldi, forti. Era molto, molto affidabile. Non so come dirlo meglio: era sempre presente. Quella che poi si sarebbe rivelata rigidità al principio mi pareva sicurezza. Sapeva sempre cosa fare, come farlo, quando. Aveva le mani lunghe, le unghie con le lunette bianche. Prendeva ogni cosa con cura. Ti potevi dimenticare di tutto, c'era lui a pensarci.

Non ero proprio innamorata. Ero leggermente innamorata. Stavo bene. Vivevo a Losanna, una città piccola, semplice, tranquilla. Facevo un lavoro importante, da avvocato, per una multinazionale: giravo il mondo. Andavo ogni tanto a trovarlo a Bologna, una città dove avevo studiato e che amavo. Andavamo al cinema, tantissimo. La sera era un uomo capace di lasciarti leggere fino a tardi, nel letto. Non ce ne sono tanti. Io leggo ore e ore, anche la notte: con lui mi sentivo libera di farlo. Passeggiavamo sotto i portici, mangiavamo il gelato. Lo frequentavo da poco più di un anno quando sono rimasta incinta. Avevo trentacinque anni, un buon lavoro, un ottimo stipendio. Può succedere nella vita di non potersi permettere una gravidanza. Capita che sia troppo presto, no?, o con qualcuno che non va. Con Mathias non c'era niente che non andava. Non me la sono sentita di fare calcoli su cosa convenisse. Ho pensato: il bambino è venuto, è il momento, andiamo. Poi ho saputo che erano due. Mesi dopo. Lui era così tranquillo, come sempre. Due o tre cosa cambia?, mi ha detto. Rideva.

La prima volta che mi sono spaventata, la sensazione di avere accanto un perfetto sconosciuto, è stata un giorno sotto i portici a Bologna. C'era un bambino che mendicava, sporco e col petto scoperto. Faceva freddo. Mi sono fermata e mi veniva da piangere. Ho cominciato a parlargli. Era così piccolo. Mathias mi ha tirato per un braccio: cosa fai, vieni via. Gli ho detto: è un bambino, guarda. Mi ha risposto: ma cosa t'importa, ce ne sono milioni, andiamo. L'ho guardato in faccia e i suoi occhi chiari mi sono sembrati vuoti. Occhi da uccello. Pozzi ciechi. È stato solo un attimo. Abbiamo ripreso a passeggiare e a parlare – mi sembra – del film che stavamo andando a vedere. Però io ero distratta da questo fenomeno nuovo che non avevo visto mai. La totale assenza di compassione. Totale, assoluta. Perfetta.

Mathias ha un fratello gemello che è uguale ma più grigio e introverso. La sua versione triste. Non ne parlava mai. Ha anche una sorella, sposata con un italiano di Rimini e poi separata. Ha un padre e una madre, separati anche loro. La madre si chiama Norma. Di rado ho conosciuto persona più impeccabile nella durezza. Mathias della sua famiglia non parlava mai. Le loro relazioni erano scandite da fatti, non da emozioni. Impegni appuntamenti visite. Non li ho mai sentiti alzare la voce tra loro. Non ho mai sentito Mathias ridere, con loro, o ricordare il passato. Non sono mai riuscita a immaginarlo bambino.

Dopo il parto ho avuto un'infezione con un principio di setticemia. Ho davvero rischiato di morire. Mia madre era sempre lì, accanto a lei un'infermiera mi controllava a vista. Non potevo tenere Alessia e Livia con me, naturalmente. Mathias arrivava all'ora delle visite, la sera. Entrava in stanza con i suoi amici, per me sconosciuti, e mi faceva foto dentro il letto, mi presentava: ecco mia moglie. Non diceva il mio nome. Diceva mia moglie. Avevo le flebo ed ero debolissima, non avevo nemmeno la forza di rispondere. Sentivo il desiderio di mandarlo via, potevo solo girare la testa dall'altra parte sul cuscino. Ho pensato tante volte, dopo, che avrei dovuto lasciarlo subito, allora. Avrei dovuto capire che non poteva esserci amore dentro quella sua smania di mostrarmi senza vedermi. Ma un po' era troppo tardi e un po', quando sono tornata a casa e stavo bene, mi è sembrata una sciocchezza. Alessia e Livia erano la meraviglia del cielo. Non sono mai stata felice come con loro. Tutto il resto era meno importante.

Io guadagnavo più di lui. È brutto da dire ma è la realtà. Non ne abbiamo mai parlato, eppure è un fatto: lavoravamo per la stessa azienda e io avevo un ruolo superiore, ero più richiesta, viaggiavo di più, avevo maggiori responsabilità. Lui si sentiva, credo, un po' frustrato, sottovalutato. Non l'ha mai detto, non abbiamo mai discusso di questo. Però io sentivo come una specie di risentimento, nel suo silenzio. Si chiudeva nello studio a leggere i suoi grafici sui titoli in Borsa, tagliava pagine di giornale e sentivo attraverso la parete quel rumore continuo di strappi, come piccoli schiaffi.

La nostra casa era davvero molto grande, troppo. Aveva una piscina interna che mi faceva paura, nel seminterrato. Anche la lavanderia, una stanza quadrata e sempre buia: ci passavo davanti senza guardare dentro. Non mi piaceva ma era bella, obiettivamente, e l'aveva scelta lui. Un giorno ho chiamato un imbianchino per rinfrescarla. Era italiano. Mathias girava con uno specchietto per vedere se avesse dipinto anche gli angoli ciechi delle cornici delle porte, saliva sulla scala a controllare dietro gli armadi. Con lo specchietto in mano, sì. Diceva: è italiano, non ci si può fidare. Abbiamo avuto una forte discussione in macchina. Era sabato, stavamo andando in piscina con le bambine. Perché hai chiamato un italiano, gridava, lo sai che lavorano male. Ha frenato, mi ha fatto scendere, è ripartito. Non volevo preoccupare le bambine, volevo solo che smettesse di gridare. Sono tornata a casa a piedi. Sono rientrati dopo quattro ore. Erano stati in piscina, effettivamente. Alessia e Livia erano eccitate e con le guance rosse: papà ci ha comprato i lecca lecca giganti, ci siamo divertiti tantissimo mamma. Lui non mi ha detto niente, della macchina: non ha chiesto scusa, nulla. Come se niente fosse successo.

Non ha mai alzato le mani. Era un altro tipo di violenza. Ho cominciato ad aver paura dei suoi silenzi. Delle sue piccole manie silenziose. Del modo in apparenza indulgente con cui demoliva e rifaceva da capo ogni cosa che avessi fatto io. Metteva dappertutto dei post-it gialli: istruzioni. Sul frigo, sugli armadi, dentro i cassetti. Decine sullo specchio del bagno. Le istruzioni – ordini – erano per me. Sono andata in un centro per donne maltrattate. Non sapevo a chi rivolgermi per capire come comportarmi dentro quella selva di regole. Hanno disegnato una spirale. Mi hanno detto: signora, lei è qui al centro, in questo punto. Se non reagisce finirà in fondo. Il finale è sempre tragico. Ne esca. Lì è quando ho sentito dire "psicorigido" la prima volta. Personalità psicorigida. Gli ho proposto di andare insieme da uno psicologo. Mi ha detto: vengo, ma solo se è tedesco. Siamo andati. Siamo stati in cura a lungo da una terapeuta di coppia. Nessuno, quando è sparito con le bambine, ha sentito l'esigenza di chiedere il suo parere. Dopo qualche tempo ha scelto una psicologa diversa, dove andava da solo, un paio di volte ci è stato con le bimbe. Era lì anche il giovedì prima di sparire. Nemmeno con lei hanno parlato gli investigatori. Quando l'ho chiamata io, ha riagganciato.

Negli ultimi mesi di convivenza non dormivamo più insieme. La casa era grande, c'erano camere vuote. Non sembrava un problema. Più che altro un fatto di comodità. Io avevo orari diversi, e mi occupavo delle bambine. Per lui andava bene così, non ha mai obiettato. Per me era un modo per sentirmi più tranquilla la notte. Quando eravamo stati insieme, una delle ultime volte, avevo sentito una prepotenza che non conoscevo e che mi aveva fatto paura. Una cosa brutta. Ero molto stanca, lui era nervoso per certe questioni di lavoro. Quando ho detto vado nell'altra stanza per un po', non ha avuto niente da ridire.

La separazione è stata molto civile, tranquilla. Era chiaro che come coppia non potevamo proseguire. A me era molto chiaro. Mathias era contrario, al principio, ma più che altro perché non riusciva a concepire che agissi di mia iniziativa senza tenere in conto il suo parere. Sei mia moglie, mi diceva. Poi da un momento all'altro ha detto: va bene, come vuoi. Alessia e Livia avevano cinque anni, ormai. Saint-Simon è un paese molto piccolo. Gli ho proposto di lasciare noi tre nella casa e di andare a stare lui in un appartamento più vicino al suo luogo di lavoro: sarebbe venuto nel weekend. Non ha nemmeno preso in considerazione l'idea di uscire dalla "sua" casa. Sono andata via io. In un piccolo appartamento, molto vicino alla scuola delle bimbe. Mathias adorava le bambine, aveva di loro una cura materna, e loro lo amavano: con lui sarebbero andate in capo al mondo. Nella casa grande – dopo la separazione – c'era sempre Dolores, la baby-sitter di tutta la vita. Mathias e Dolores si capivano, si trovavano benissimo insieme: lei accudiva un po' anche lui. Gli preparava le pietanze che preferiva, gli faceva trovare pronti gli abiti che sapeva avrebbe scelto, era indulgente e allo stesso tempo sollecita. Quando Alessia e Livia tornavano da me, invece, durante la settimana, eravamo solo noi tre. Non avevamo bisogno di nessuno. Tutto sembrava funzionare.

Per le vacanze di Natale lui ha proposto di portarle per tre settimane in barca con dei nostri amici. Non era proprio come negli accordi, ma le bambine insistevano e ho detto: va bene, andate con papà. Ci sono foto bellissime di quella vacanza, ero felice di saperli felici. Al ritorno, a gennaio, Alessia e Livia sarebbero rientrate a scuola.

Abbiamo avuto insieme ancora due settimane.

Mathias era come sempre, impeccabile. L'ultimo weekend di gennaio sarebbero state di nuovo con lui. È venuto a prenderle, poi mi ha telefonato la domenica e mi ha detto: non importa che tu venga a riportarle da te stasera, stanno bene, stanno giocando a casa di amici, non preoccuparti. Le porto a scuola io domattina. Tu vai all'uscita.

Era il 30 gennaio del 2011. Non le ho viste mai più.

5.

Gentile Miss M.

Alla conservatrice dell'archivio anagrafico
City Hall, Kenosha
Wisconsin, Usa

Gentile Miss M.,

mi scuso se la mia insistenza può sembrarle inopportuna, ma risalire alla vera identità della famiglia di mia nonna è per me di fondamentale importanza. Non si tratta di curiosità, o del semplice legittimo desiderio di conoscere le proprie origini. Se così fosse comprenderei le ragioni che i dipendenti del suo ufficio hanno opposto alla mia domanda: niente prova che mia nonna fosse figlia naturale di un componente della famiglia Jeffery, dunque non può essere violata la privacy di persone formalmente a me estranee, per quanto defunte da molti anni. Non ho titoli per avanzare la richiesta, mi hanno con ferma gentilezza risposto.

Vorrei provare a spiegarle, se avrà la cortesia di leggere le righe che seguono, perché invece credo di avere se non titolo certamente bisogno di conoscere l'origine di mia nonna Mayme Hallevi, nata a Kenosha il 7 ottobre 1914, portata in Italia da suo padre John quando era ancora in fasce, molti anni dopo andata in sposa a Giuseppe Lucidi, mio nonno paterno.

Prima di tutto mi presento. Mi chiamo Irina Lucidi. Sono un avvocato. Sono italiana di madre tedesca. Sono cresciuta in Belgio e ho vissuto ovunque nel mondo, a lungo anche negli Stati Uniti, per lavoro. Mi sono sposata con uno svizzero tedesco ed è in Svizzera che ho trascorso gli ultimi anni. Sono madre di due bambine, Alessia e Livia, nate il 7 ottobre 2004, novant'anni esatti dopo mia nonna Mayme. Alessia e Livia purtroppo da qualche anno non sono più con me, mi sono state sottratte dal padre e non ho notizie circa la loro sorte. In questi difficili, dolorosi anni di ricerche delle bambine molte volte, nella solitudine delle notti, ho visto annodarsi fili di date che ricorrono, destini che si ripetono. Ho ricordato e messo in ordine le poche notizie carpite negli anni, a casa mia, riguardo alla storia dei miei nonni e bisnonni. Una storia che nessuno ha mai raccontato tutta intera, ma che – adesso finalmente lo so – è questa che sto per scriverle.

Gli Allevi, senza acca in testa al cognome, sono originari di Visso, un paese sui Monti Sibillini. Queste montagne, signora, sono un luogo di spettacolare e misteriosa bellezza: si chiamano così perché si dice fossero abitate dalla Sibilla Picena, un oracolo che, narra un antico racconto, fece prigioniero un cavaliere che si recava da lei per conoscere la vera identità dei suoi genitori. Anche quel cavaliere, vede, come me.

Gli Allevi erano poverissimi. A metà dell'Ottocento uno di loro emigrò in Irlanda per cercare lavoro, conobbe una ballerina, ebbero sette figli l'ultimo dei quali chiamarono Giovanni, John per la madre. Subito dopo la nascita dell'ultimogenito – il mio bisnonno – la madre, la ballerina, abbandonò la famiglia e fuggì in America. John, compiuti i quattordici anni, decise di andare a cercarla. Ebbe bisogno, volle: diciamo decise. Si imbarcò per gli Stati Uniti. Ho rintracciato i documenti a Ellis Island: davanti al suo cognome compare un'acca, certamente un difetto di trascrizione. John

Hallevi arrivò dunque a Kenosha. Trovò lavoro come ragazzo di fatica in una fabbrica di biciclette, la Gormully&Jeffery Manifacturing. Thomas Jeffery, socio fondatore, cominciava allora a progettare le prime autovetture. Erano bellissime: carrozze scoperte a motore. Quattro grandi ruote, un sedile, un volante. Nelle foto, le cerchi, un uomo con la tuba e il panciotto guarda la fotocamera colmo di virile potenza, sorride. Jeffery creò la Rambler, società molti anni dopo venduta alla General Motors. John andò a lavorare con lui. Si era intanto fidanzato e poi sposato con un'italiana di Kenosha, Domenica. È naturale ancora oggi che gli immigrati si stringano tra loro. Figuriamoci allora. Giovanni e Domenica avevano entrambi meno di vent'anni.

Qui il racconto che ho cercato di carpire a casa si confonde. Nessuno sembra voler parlare di questa storia. Che è semplice, tuttavia. John si innamorò della figlia del titolare della fabbrica in cui lavorava. Lei si innamorò di lui. Era probabilmente già sposata anche lei. Dalla loro relazione nacque una bambina, Mayme. Il padrone della fabbrica convocò mio nonno e gli fece la seguente offerta: prendi la bambina, moltissimi soldi per la sua dote e torni con lei in Italia insieme a tua moglie Domenica. Dovevano essere davvero moltissimi, i soldi. John accettò. Tornò ad Ascoli Piceno e con quel denaro comprò la terra, tanta terra. Divenne il maggiore latifondista della regione. Un uomo nato povero, ora molto ricco e temuto. Sua figlia Mayme, ragazza, andò in sposa a Giuseppe Lucidi, mio nonno: negli anni del fascismo Giuseppe divenne podestà della zona. Ebbero Pietro, mio padre.

Di suo nonno John, mio padre ricorda che lo portava in carrozza a visitare le proprietà. Che beveva whiskey anche al mattino. Che andava a trovare alcune signore, nelle case dei contadini, e gli diceva: Pete, tu aspettami qui e bada ai cavalli. La nonna Domenica, racconta mio padre, viveva reclusa e non usciva quasi mai. Parlava un italiano strano. Mayme non era sua figlia ma la crebbe amandola come se lo fosse, altri figli non ebbe. Visse sola con quest'unica creatura, bionda e tanto diversa da lei, lontana un oceano dalla sua famiglia.

La vera madre di Mayme, la figlia del proprietario della fabbrica di Kenosha, cadde – si mormorava certe sere – in una profonda depressione. Fu ricoverata in una clinica e non dette mai più sue notizie, né alcuno le cercò.

Ora, signora conservatrice, come lei capirà io non faccio che pensare a questa donna senza nome, la mia vera bisnonna, alla quale un giorno l'uomo che amava portò via la figlia che non rivide mai più. Questa donna che ha messo al mondo una bambina novant'anni prima che io mettessi al mondo le mie, lo stesso giorno dello stesso mese, e che proprio come me è stata privata di sua figlia dall'uomo che aveva amato, che certamente ancora amava e di cui si fidava. La immagino, la invento. Le do dei nomi, la vedo. Sento la sua impotenza di fronte alla volontà feroce e inflessibile del padre. Sento la sua speranza che quel ragazzo bruno, quell'italiano di nome Giovanni, rifiuti l'orribile offerta: soldi per far sparire la figlia e abbandonare la madre, dimenticarla. Penso i suoi pensieri, riesco a pensarli nella sua lingua che è stata per molto tempo anche la mia. La sogno. Immagino l'incredulità di fronte alla notizia che sono partiti, l'amato e la figlia neonata, che la bambina non la rivedrà più. Capisco molto più di quanto non riesca adesso a spiegarle la tentazione di svanire nel nulla. Il desiderio di dimenticare del tutto, e poiché dimenticare un figlio non si può, la tentazione – dunque – di morire. Purtroppo il dolore da solo non uccide. La vedo, questa bisnonna senza nome, nella clinica in cui la sua ricca e potente famiglia l'ha reclusa per cancellarla dall'orizzonte della dinastia. Ne vivo i giorni. Poi corro a pensare dall'altra parte del mare a Domenica, l'italiana d'America costretta a tornare in un paese suo ma non suo con una figlia sua ma non sua, a vivere in una terra remota ed estranea con un uomo che ha amato un'altra donna senza avere il coraggio di amarla davvero e che le ha infine inflitto la pena della sua codardia proterva, del suo privato interesse. Una donna – Domenica – che non ha mai avuto altri figli, forse non ha mai più avuto un letto coniugale, certo mai più un amore. Infine penso a John, al giorno in cui il suo padrone lo chiama per dirgli: questi sono i soldi, vattene e porta via la bambina, sparite. Poteva rifiutare, penso. È questo è il punto esatto in cui un film avrebbe un diverso finale: in un film John butterebbe in aria le carte sullo scrittoio di noce del signor Jeffery, uscirebbe sbattendo la porta, andrebbe di corsa a prendere la madre di Mayme e fuggirebbe con lei e con la bambina, via nella loro vita.

Ma John accettò quei soldi. Così attraversò indietro il mare e da Mayme, ad Ascoli Piceno, è nato molti anni dopo Pietro. Da Pietro sono nata io. Da me sono venute al mondo Alessia e Livia, il 7 ottobre di nuovo, e anche io adesso, come quella bisnonna che non conosco, vivo senza le mie figlie.

Ogni altra cosa scolora per me, signora conservatrice, di fronte al bisogno di sapere se non viviamo per caso in un tempo che non corre lungo una linea del tempo ma che invece è tutto e sempre contemporaneamente presente, è tutto qui, un tempo in cui ciò che è accaduto che accade e che accadrà abita lo stesso spazio. Solo che noi siamo ciechi e non vediamo, noi per salvarci dimentichiamo, crediamo di essere la sola cosa presente e importante e siamo invece semplici frutti di un albero che replica, nelle stagioni, le stesse e diverse foglie, gli stessi e diversi frutti. Del fulmine che ci colpì prima che nascessimo portiamo le tracce, delle donne e degli uomini prima di noi completiamo e replichiamo il disegno.

Come lei capisce, signora conservatrice, la chiave della mia domanda è anche nelle sue mani. Per me, da quando Alessia e Livia sono scomparse, vivere è diventato infinitamente più faticoso ma anche inspiegabilmente più semplice. Tutto è adesso elementare, molto chiaro. Bisogna solo capire qual è il nostro posto nella storia. Queste mie troppe righe sono qui a dirle che io lei e Mayme siamo parte di un racconto solo, tutto qui oggi, tutto adesso, e che il legittimo rispetto della privacy dei defunti è ben poca cosa rispetto al ruolo che la sorte in questo momento le assegna. Il nome delle cose, signora conservatrice, è solo un titolo che noi diamo, per orientarci nei giorni, al destino di cui siamo anelli: così che possa sembrarci, ogni cosa, una scelta. Il nome della mia bisnonna è un segreto che lei custodisce e che io vivo nella carne. Possiamo fingere di scegliere cosa sia giusto, come sempre, o arrenderci alla forza che ci partorisce e ci cancella e ci fa vivere di nuovo. Se non lo faremo noi, lei e io, saranno i nostri figli, ne sono certa, a riannodare la trama di questo disegno. Rispetto le consegne del suo ufficio. Qualunque cosa lei deciderà di fare – dopo aver ascoltato questa storia – sarà quel che doveva essere, e dunque in ogni caso la ringrazio.

Best wishes.

I.

6.

Necrologio

Quando Mathias è morto sua madre ha pubblicato sul giornale un necrologio col mio cognome dopo il suo. Mathias Schepp Lucidi. Una cosa completamente senza senso. Gli uomini non prendono il cognome della moglie in nessun luogo del mondo, che io sappia. Di certo non in Svizzera. Poi lui era svizzero tedesco, io italiana. Lui uomo, io donna. Valevo meno – ai loro occhi – da ogni punto di vista. Quando stavamo insieme, prima, non mi chiamavano neppure per nome: mia moglie, mia nuora, mia cognata. Mi indicavano e mi presentavano così. Un ruolo accanto a un attributo di possesso. Non li ho sentiti mai, quasi mai, dire: Irina. Forse solo nei rimproveri. Poi lui si è ucciso, e sua madre ha messo quel necrologio. Il mio cognome, italiano, stampato dopo il suo su un giornale tedesco.

Perché lo ha fatto? Non lo capisco.

Cosa ha voluto dire?

Non me lo spiego, non lo capisco.

7.

Cara nonna

Cara nonna,

quanto mi ha fatto ridere la tua lettera! Lo sai che non conosco più nessuno che scriva a mano con l'inchiostro? Sai che io non sarei capace? E con quei caratteri gotici, poi, come ti hanno insegnato a scuola da bambina. Altdeutsche Schrift! È struggente immaginare il tempo che serve a scrivere una lettera così, e quanti strumenti, e la cura. Anche la mezzaluna con il foglio di carta assorbente, anche il pensiero di quella mi ha emozionata. Era appoggiata sulla tua scrivania e nella striscia bianca c'erano resti di parole, a volte solo sillabe, una lettera maiuscola: tutte sovrapposte e rivolte in direzioni diverse, alcune nitide altre sbiadite, un geroglifico indecifrabile come le tracce di pensieri già pensati e rimasti lì, impigliati nella carta e nell'aria. Passavo tanto tempo a indovinare cosa avevi scritto, a chi. Immaginavo persone sconosciute, gente della tua vita e non della mia, a cui per ore, in silenzio, scrivevi. A chi scrivevi, nonna?

Sì, certo che mi ricordo il vestito color malva che ti chiedevo di mostrarmi: ero sicura che fosse quello di una principessa. Cioè tuo di quando eri principessa: con il re il cavallo le carrozze e il castello di cui mi parlavi sempre, quelli che mi descrivevi prima di andare a teatro a sentire l'opera. Mi ricordo il colore dell'armadio che lo custodiva, aveva una porta un po' gonfia come se il legno facesse una gobba, una specie di onda, e quelle maniglie dorate fatte come la foglia di un fiore. Mi ricordo il rumore con cui si apriva e l'odore che c'era dentro. Un odore che sapeva un po' di medicina, un po' di erbe di montagna. È la polvere magica che fa restare belle per sempre le stoffe, mi dicevi quando mi allontanavo dall'ombra dei vestiti con la mano sul naso. Il tuo armadio punge il naso nonna, ti dicevo. Mi ricordo quella volta che lo hai preso trovandolo a colpo sicuro senza neppure guardare, la tua mano si è infilata dentro ed è uscita tenendo il vestito da sposa, da regina, da sirena, il tuo vestito di quel colore che non ho mai più rivisto in nessun mercato d'Oriente in nessun negozio d'America. L'hai sollevato con un gesto rotondo del braccio e hai appoggiato la stampella di raso all'altezza del collo. Poi hai fatto quel sorriso e una specie di passo di danza, tu dietro al tuo vestito da fata, e il vestito si è mosso come se avesse preso vento.

Nonna. Certo che sarebbe il più bello dei regali per il mio compleanno, mi illumina il solo pensiero di averlo qui nella mia casa, lo terrei appeso agli scaffali delle librerie, ai chiodi che reggono i quadri, lo farei girare di stanza in stanza per averlo sempre negli occhi mentre studio e mentre scrivo. Lo sai che sto lavorando a un film per bambini, ricordi che te ne avevo parlato? Però non ti ho detto che c'è un ragazzo, nella storia, un ragazzino con i capelli rossi che vuole diventare cavaliere, siamo nel Medioevo dei re e dei draghi, delle spade e delle giostre a cavallo, e c'è una bambina, la sua compagna di giochi e di avventure, con gli occhi grandi e obliqui, una ciocca di capelli che le cade sempre sulla fronte. Bella come una principessa, la mia principessa. Io che ho sempre raccolto tutte le fiabe del mondo, quando viaggiavo nei paesi lontani, che sono sempre tornata a casa con una nuova incredibile storia da raccontare e mostrare alle bambine, ti ricordi quanti libri di favole in tutte le lingue avevamo? Ecco, ora ho la mia principessa, proprio mia. La cambio d'abito la faccio muovere, ci sono dei computer grandissimi qui nell'ufficio dove lavoro, e dentro i computer i disegni che si incatenano uno all'altro e diventano un film. Si colorano, si animano, prendono vita come i sogni.

Granada è una città stupenda. Il Marocco è più vicino di Bruxelles, lo sai? Arriva il vento di mare che viene da un altro continente, si sente l'odore dell'Africa. Andiamo in Africa insieme una volta, nonna? Mi accompagnerai? I ragazzi che lavorano ai cartoni animati mi sembrano tutti, anche loro, usciti da una favola. Somigliano ai personaggi che disegnano, visti tutti insieme sono uno spettacolo. Uno alto e magro, uno piccolo e tondo, una coi ricci neri e le scarpe a punta, una con la gonna di tulle e gli stivali fin sopra il ginocchio, magra magra. Ridono sempre, parlano sempre, bevono ogni momento caffè e mangiano dolcetti alla cannella senza sosta, come bambini. Fra loro c'è Luis.

Lo so, ti ho detto che te ne avrei parlato a voce, ma sta passando troppo tempo e mi pare che i ricordi nuovi spingano indietro quelli vecchi, ho paura che quando ci vedremo avrò così tante cose da raccontarti che non saprò più dare le parole giuste a ciascuna. Le parole a volte si ingolfano, altre si consumano. Altre volte ancora arrivano in ritardo e non servono più a dire quel che volevano. Sono meccanismi di precisione, le parole. Nella tua lingua, nella nostra lingua di quando ero bambina, sono incastri e composizioni perfette, esattissime. Ma hanno anche il loro ritmo, è molto importante trovarle a tempo. Insomma, una cosa te la voglio raccontare adesso, una sola.

Luis l'ho conosciuto per caso, in Indonesia, un giorno che la guida a cui avevo chiesto di accompagnarmi in un certo villaggio – andavo a visitare una scuola di cui mi avevano tanto parlato, un centro per bambini – mi ha detto: sì, posso accompagnarla nel pomeriggio. Se non le dispiace, però, verranno con noi due spagnoli. Se non le dispiace. Vedi per esempio la parola dispiacere, come cambia quando l'hai maneggiata tanto? A me non dispiace niente, nonna. Non mi dispiace davvero più niente. Tutto mi pare una sorpresa e un regalo. Quando sento le persone attorno a me che si addolorano per questioni così piccole penso state attenti, non giocate col drago: potrebbe svegliarsi. Se proprio sono molto stanca, o troppo abitata dalle voci e dai volti che mancano, allora semplicemente non mi accorgo di quel che c'è attorno. Dunque no, non mi dispiace niente mai.

Luis e la sua compagna di viaggio, un'amica, non sapevano nulla di me né io di loro, naturalmente. Compagni occasionali di viaggio. Il tragitto verso il villaggio lo ricordo a malapena. Luis doveva essere seduto alle mie spalle: se mi sforzo di rammentare quel giorno mi sembra di sentire l'ombra di una presenza nel sedile dietro al mio. Guardavo fuori dal finestrino, parlavo solo con la guida. I bambini della scuola erano meravigliosi, nonna. Scalzi, in classe, nei banchi disuguali. Sapevano qualche parola d'inglese, ho raccontato storie e fatto disegni, mi hanno mostrato i loro. Due li ho tenuti. Ce li ho qui sulla scrivania adesso. Bambini di sei anni, come le nostre.

Il giorno dopo ero di nuovo in città. Entravo in un ufficio postale per spedire lettere e qualche oggetto a casa. Sembra davvero incredibile, in una città così grande, così affollata di persone che corrono a piedi, così rumorosa e distratta, ma è successo questo: ci siamo urtati sulla soglia dell'ufficio postale. Io entravo lui usciva. Mi ha riconosciuta, io non avrei potuto. Che sorpresa, ha detto. E subito dopo, d'impulso: perché non ceniamo insieme stasera? Noi ci fermiamo ancora solo un giorno, domani abbiamo l'aereo per tornare. È l'ultima sera, sarebbe bello festeggiare questo incontro.

Luis aveva un inglese talmente incomprensibile, con un accento talmente strano, che gli ho chiesto di parlare spagnolo, piuttosto. Non capivo tutto quello che diceva, ma qualcosa sì. È bello lo spagnolo. Lui e la sua amica avevano un modo di dire le cose che parevano strofe, sembrava una canzone che conoscessero a memoria. Lei iniziava e lui finiva, e viceversa. Tutti e due, come un ritornello, dicevano spesso: todo cuadra. Che vuol dire todo cuadra?, ho chiesto infine lentamente, in inglese. Tutto torna. Todo cuadra, nonna, vuol dire che ogni cosa alla fine va al suo posto. Luis lo dice spesso. Quanto io dico: davvero?, quanto tu dici: d'accordo? Lo dice anche quando sembra che non c'entri col discorso, ma alla fine c'entra sempre. Todo cuadra.

Ci siamo lasciati l'indirizzo mail, ci siamo scritti. Il mio viaggio solitario è durato ancora molte settimane, lui rientrava in Spagna. Ogni tanto, quando riuscivo a collegarmi a Internet scaricavo la posta e trovavo le sue lettere. Immagino che avrà cercato informazioni nella rete, avrà trovato i giornali, qualcuno gli avrà raccontato della mia storia. Non io, comunque. Noi per mail non ne abbiamo mai parlato. Le nostre lettere erano lunghe e bellissime. Io lì potevo essere solo Irina, tornavo a essere Irina e basta. Gli parlavo di me delle cose che vedevo gli descrivevo i luoghi i pensieri, ci scambiavamo musica e brani da leggere. Dei fatti non abbiamo mai detto niente, lui non ha chiesto. È stato allora, nonna, che ho immaginato che la vita potesse tornare ad appartenermi. Perché tu lo sai: non mi apparteneva più da tanto tempo, non ero più io da molti anni. Dopo che Alessia e Livia se ne sono andate, semplicemente, ero sparita anche io.

Quando sono tornata in Europa mi ha chiesto di rivederci. Mi ha invitata a Granada, la sua città. Ci eravamo visti una sola sera a cena, in fondo, diceva. A parte il tragitto verso il villaggio, certo: ma in quel caso aveva visto solo la mia nuca. Mi faceva sempre ridere, a ogni lettera. Gli ho detto: no, Luis. Io non voglio rivedere te, non voglio vedere nessuno. Non posso, non mi interessa, non ho le forze né il desiderio. Davvero, non offenderti. Non c'è posto dentro di me per nessuno: tutto lo spazio è già occupato. Perdonami, ma no. Continuiamo a scriverci, se vuoi.

Qualche settimana dopo avevo la presentazione della fondazione Missing Children Switzerland a Bruxelles. Una cerimonia pubblica, molto importante: venivamo riconosciuti come parte di una rete europea. Saremmo stati in contatto con le associazioni gemelle di tutta Europa. Le ricerche, i sostegni, il nostro lavoro al servizio dei bambini scomparsi e delle loro famiglie avrebbero avuto una forza nuova.

Ero dietro a una scrivania, un po' in alto, in una sala conferenze. Parlavo al pubblico, la stanza era piccola ma molto affollata, calda. Solo alla fine ho visto Luis: in piedi, appoggiato alla porta d'ingresso, sul fondo. Era venuto da Granada senza avvisarmi. Aveva cercato luogo e orario della conferenza, aveva preso un aereo ed era venuto ad ascoltare. Quando abbiamo finito di parlare, gli altri dell'associazione e io, siamo stati circondati da decine di persone che avevano il loro biglietto da darci, qualcos'altro da chiedere, una storia da raccontare. Noi eravamo ancora seduti, decine di persone in piedi attorno a noi: interessate, gentili. Meritavano ciascuna la massima attenzione. Poi ho sentito la sua voce fonda. Il suo viso a pochi centimetri dal mio. Mi ha detto: sono venuto a portarti il mio regalo di compleanno. Mi ha messo in mano un sacchetto di stoffa molto piccolo, mi ha sorriso ed è andato via.

C'era un mazzo di chiavi, nonna, nel sacchetto chiuso con un nastro. Chiavi, un biglietto con un indirizzo, e questa frase: *Sono le chiavi di casa mia. È anche la tua. Puoi usarle quando vuoi, persino mai. Sono le tue chiavi. Todo cuadra, love.*

Sono passati molti mesi prima che riuscissi a consentirmi di incontrarlo. Non a casa sua, certamente no. Ad Amsterdam. Dovevo andarci per la fondazione, gli ho detto: se vuoi possiamo trovarci lì. È stato bello, ad Amsterdam. Con lui tornavo all'istante a essere solo Irina. Non abbiamo parlato mai dei fatti, mai. Li portavamo con noi senza dirli. Luis ha due figli grandi di un matrimonio finito. Sa di matrimoni, di figli. Sa di dolore. Quando sono entrata nella sua casa di Granada la prima volta, molto tempo dopo ancora, mi ha mostrato le stanze. Quando siamo arrivati a quelle dei suoi figli, al piano di sopra, mi ha detto: questa è la camera di L., questa di F. Ma se tornano le bambine L. ed F. staranno insieme in una, e loro due nell'altra. Così, come un fatto semplice. Come una possibilità. Non torneranno, nonna, lo so. Ma non potrei vivere senza sapere che nella mia casa c'è un posto per loro. Il posto che le aspetta, se dovessero bussare e chiedere: il nostro letto, mamma, in questa casa dov'è.

Il compleanno delle chiavi è stato due anni fa. L'idea che tu voglia mandarmi ora per posta il vestito da principessa, per il prossimo, mi fa sentire come se avessi sedici anni. Ne avrò invece fra pochi giorni quarantotto, nonna. E non sono bella com'eri tu a venti, quando alle feste dovevi sembrare una nuvola di lillà. Non sono alta come te, né bionda, non posso fare quello chignon che visto di spalle mi pareva un vulcano di panna, né ho i tuoi occhi intonati al vestito. Perché è stata quella la ragione, no? Lo hai scelto perché era del colore dei tuoi occhi. Solo ora lo capisco, ora lo so. Soltanto tu, nonna Klara, puoi essere la principessa di quella festa. Però ti prometto che, di nascosto, proverò a indossarlo almeno una volta. Mi metterò in piedi su uno sgabello, così lo coprirà e potrà cadere fino a terra, poi mi farò una foto allo specchio e te la manderò per mail. Hai imparato ad aprire gli allegati delle mail, vero nonna? Ti ricordi come si fa, te l'ho spiegato: basta portare la freccia sull'immagine e fare clic due volte. Ma sì che lo sai fare, scusa. Mi metterò anche un cappello, se ne trovo uno che si intoni a quel colore, così nasconderò i miei capelli corti da ragazzo. Un cappello di rafia, qui a Granada ce ne sono tanti, con un fiore. Un giorno, prima o poi, tornerò a farmi crescere i capelli, nonna. Come li avevo da piccola. Quando saranno arrivati almeno alle spalle suonerò alla tua porta. Sarà il mio regalo per i tuoi cento anni, che sono appena una manciata e sembrano solo un respiro. Facciamo questo patto, vuoi avere un segreto con me?

Sei la meraviglia della vita, nonna.

Ich liebe dich. Te quiero con locura.

I.

8.

Io di te. Balene

È così, con le balene, che mi hai detto senza altri preamboli di Alessia e Livia, le tue figlie. "Ho sempre sognato l'acqua, il mondo sott'acqua. Poi un giorno, quando Alessia e Livia non c'erano più, ho sognato che ero in una specie di città di legno scuro, costruita sulle palafitte, in mezzo al mare. Una città galleggiante. In mezzo al quadrato di case, come fosse una specie di cortile interno fatto di mare, c'erano due balenottere che giocavano. Si rincorrevano, sbuffavano soffi altissimi, si toccavano muso contro muso e poi sparivano sotto per riapparire all'improvviso, un gioco a nascondersi. Facevano un suono sottile come se ridessero. Loro vivevano lì. Erano le balene cucciolo della città. Ne sono certa."

9.

Gentile signora S.

Gentile signora S.,

temo che disapproverà la mia decisione di scriverle perché, come molte volte ci ha ripetuto, il senso della terapia di coppia che Mathias e io portiamo avanti sotto la sua guida prevede che ogni questione sia condivisa. Che ci diciamo l'un l'altro, appunto, di fronte a lei, quello che ci dispiace e che ci opprime in modo che insieme, parlandone, riusciamo a scioglierlo. Parlare senza remore, questo lei ci invita a fare: non tenere niente fuori dalla sua stanza.

Tuttavia dai nostri ultimi due incontri, questa settimana, sono uscita con un senso di grande oppressione e mi verrebbe da dire di esclusione. Ho avuto la sensazione, signora S., che tra lei e mio marito si sia creata un'intesa che in qualche modo mi addebita la responsabilità di quello che sta accadendo. Come se Mathias fosse la vittima della mia decisione di separarci, e come se la mia decisione fosse non dico un capriccio, ma un deplorevole sebbene legittimo arbitrio. So che non può essere così, che lei non giudica e tantomeno prende le parti dell'uno o dell'altra. Però questo è il sentimento che provo e – in accordo con le sue indicazioni – credo di doverglielo esprimere. Farei fatica a dirlo davanti a Mathias: temo che la metterei in imbarazzo e in condizione di doversi difendere, temo che mio marito finirebbe per prendere le sue parti e che questo farebbe crescere in me la sensazione di cui le parlo. Per questo dopo molto riflettere ho deciso, stanotte, di scriverle in privato.

Vorrei parlare ancora con lei, signora, della questione dei post-it. Mi è sembrato che la liquidasse come una stravaganza, mi è parso persino di intravedere sul suo volto una specie di sorriso. Non ha quasi lasciato che finissi di raccontare, mentre Mathias scuoteva la testa ascoltandomi. Lei ha detto: sì, ma a parte i biglietti con le istruzioni su come chiudere la porta c'è qualcos'altro a cui ci vogliamo dedicare, adesso? Come a dire: qualcosa di più rilevante.

No, non c'è niente di più rilevante per me in questo momento. Io non so come sia la sua casa, signora S., né con chi ci viva e non posso – naturalmente – chiederglielo. Però mi sono domandata come si regolerebbe lei se aprendo gli occhi al mattino trovasse attaccato alla sua lampada, sul comodino, un biglietto che le illustra come accendere la luce del bagno: *Prima chiudere la porta, poi accendere la luce.* Se scendendo in cucina per preparare la colazione alle bambine ne trovasse un altro con le dosi di cereali da versare nelle tazze, e quale tipo di latte usare, e a che temperatura. Mi sono chiesta se le sembrerebbe davvero un fatto spiritoso, bizzarro, veniale. Può darsi. Può essere che io sia troppo suscettibile. Però lasci che le spieghi meglio. Mi è utile anche solo questo: raccontare.

La prima volta che ho trovato attaccato all'armadio di Alessia e Livia una lista degli abiti che avrebbero dovuto indossare, descritti minuziosamente in due elenchi verticali e paralleli con i nomi delle bambine in alto in stampatello, ho pensato a una premura ed è venuto da sorridere anche a me. Mathias non sopporta che le bambine siano vestite allo stesso modo, cosa che in effetti e in assoluto accordo non abbiamo fatto mai, ma capitava alle volte che per la fretta di vestirsi per la scuola potessero avere – che so – le stesse calze. Che poi le calze si somigliano tutte, non è che uno stia proprio lì a guardare se sono quelle con i palloncini o quelle con le margherite. A volte si comprano a gruppi e ce ne sono di uguali, a volte quelle che cerchi sono state messe a lavare e ne prendi altre senza nemmeno guardarle. Insomma, capitava. Così, la prima volta che ho trovato l'elenco mi sono limitata a seguire le indicazioni, che prevedevano anche l'ordine con cui gli indumenti andavano indossati – prima la canottiera, evidentemente, quella a righe per Livia quella tinta unita per Alessia, poi la maglia a maniche lunghe, quella verde e quella gialla, poi la camicetta, due camicette diverse. Nei giorni e nelle settimane seguenti le indicazioni scritte si sono moltiplicate. A volte, quando erano troppo lunghe per entrare in un post-it, erano fogli bianchi da stampante attaccati – per esempio al frigo – con lo scotch: *Il latte deve essere scaldato nel bricco e non nel forno a microonde, deve essere versato dopo che i cereali sono stati messi nella tazza e non prima.* Cose così. Cose che ho sempre fatto abitualmente. Un giorno, però, sono comparse come istruzioni scritte. Presto sono diventate ordini: dall'infinito all'imperativo. Non *Chiudere*, ma *Chiudi!* Questi dettagli, queste piccole vicende domestiche, possono davvero in una vita familiare passare in secondo piano. Se uno ha fretta, se uno ha timore di sollevare discussioni inutili, se uno pensa che in fondo sia solo una debolezza dell'altro, e certo quando ci si sente più forti delle altrui debolezze succede di assecondarle, in qualche modo comprenderle, alla fine tollerarle. È, in un certo senso, un atto di superbia. Non nego di essermi sentita in questo stato d'animo: più solida dell'altrui debolezza, capace di sopportarla con indulgenza.

Poi un pomeriggio è venuta a casa la madre di Elisabeth, è venuta a riprendere sua figlia e si è fermata a bere un tè. Mi ha chiesto, sorridendo: avete una nuova baby-sitter? Guardava le indicazioni attaccate a ogni sportello, anche dietro la porta d'ingresso ce n'era una: *Rientrando chiudere a una o tre mandate, sempre comunque in numero dispari, e lasciare la chiave nella serratura.* Avete una nuova baby-sitter, ha domandato. E così, attraverso gli occhi di quella persona né estranea né amica, ho visto nitidamente la condizione in cui stavamo vivendo. No, non avevamo una nuova baby-sitter. Quelle meticolose istruzioni per l'uso erano tutte destinate a me. Istruzioni su come comportarsi con Alessia e Livia, su come mettersi in sicurezza – su come non correre rischi – stando dentro casa. Su come barricarsi dentro casa, direi ora. Tutte giuste, non mi fraintenda. Tutte raccomandazioni sensate. Però, signora S., le chiedo: anche ad ammettere che la persona con cui si vive soffra di ansia da controllo, come lei la chiama, e che dunque si possa comprendere e tollerare che senta il bisogno di specificare come deve essere condotta ogni azione delle più naturali, ecco, le chiedo, lei come si sentirebbe se muovendosi nella sua casa, nei suoi giorni, si trovasse circondata da biglietti che le intimano di comportarsi come lei già si comporta? Riuscirebbe ad abituarsi in silenzio? Se per giunta la persona che li ha scritti fosse lì, presente accanto a lei, troverebbe naturale che anziché raccomandarsi a voce, o una volta per tutte – tipo: chiudi sempre la porta a tre mandate, è più sicuro –, decidesse di tacere e scrivere, di addobbare la casa intera di protocolli e istruzioni?

Perché vede, signora. Può anche sembrare un dettaglio bizzarro. A raccontarlo a un'amica magari ci si sente persino in dovere di minimizzare, di sorridere proprio come ha fatto lei giovedì scorso. Così ho fatto con la madre di Elisabeth, effettivamente. Ho sorriso. Ho detto: no no, è una cosa di Mathias, un suo modo. Che cosa curiosa, che strana mania. Ciascuno ha le sue, del resto. Non vogliamo mica mettere all'indice le debolezze intime di ciascuno. Il matrimonio è un patto sigillato sui reciproci bisogni. Però io le assicuro che mi sento un grande peso sul petto, quando tostando il pane in cassetta per la merenda leggo sul muro quanti minuti devo lasciarlo nel tostapane, e non mi fa ridere. Anzi, un poco mi angoscia. Un poco persino mi spaventa. Mi fa sentire inutile, sbagliata, incapace. Mi fa sentire persino più oppressa di quando ero ragazzina e mio padre mi diceva: ho detto che quella maglia non va bene, adesso mi fai la cortesia di tornare in camera tua e cambiarti. Mi sale una specie di rabbia, signora S., e un desiderio di fuga che credo potrebbe essere un argomento di cui nel suo studio dovremmo parlare. Ecco, spero che non giudichi troppo inopportuna questa lettera, dopo averla letta. In fondo volevo solo chiederle se non potremmo, al nostro prossimo incontro, esaminare insieme – magari su sua richiesta, gliene sarei grata, mi sarebbe d'aiuto con Mathias – la questione dei post-it.

Con cordialità e rinnovata fiducia.

I.

10.
Dolores

La prima volta che ho incontrato Dolores non me la ricordo con precisione. Dovrei, lo so. Ci sono madri che fanno dei casting di mesi per trovare una bambinaia. Selezioni, periodi di prova. Ne ricordo una che lavorava con me, ci ha messo due anni: non parlava d'altro, non le andava bene niente e nessuna. Era diventata un'ossessione: anche alla macchina del caffè in ufficio, con chiunque non parlava che di quello. Come scegliere la persona giusta. Mi faceva un po' ridere. Giusta per chi, poi? Giusta per lei, pensavo. Giusta per colmare i suoi sensi di colpa, quindi impossibile da trovare. I bambini si adattano. La nostra infanzia, la mia e di mio fratello, è stata da questo punto di vista semplice e disordinata insieme. Non mi pare che i nostri genitori abbiano mai dato troppa importanza alle persone con cui restavamo. Una nonna, una baby-sitter, una persona amica. Loro facevano le loro cose, noi restavamo molto anche da soli. Non eravamo noi a dettare il diario dei giorni, era il contrario. Passavo pomeriggi interi seduta sul divano con mia nonna che mi leggeva i libretti dell'opera. Eravamo noi che ci adattavamo al ritmo degli adulti, ai loro gusti e alle loro abitudini. Non il contrario. Di Dolores mi ricordo l'impressione di una donna matura, materna e semplice. Era la prima persona che vedevo, per quell'incarico. Ero molto felice. Ero incinta di due gemelle, felice. Le offrii il lavoro, lo accettò con parole di gratitudine.

Mi era stata indicata dalla concierge del luogo in cui vivevo a Losanna. Avevo chiesto un po' in giro se ci fosse una signora disposta a venire per un periodo in Italia. Mathias era a Bologna per lavoro e certamente i primi mesi almeno dopo il parto sarei stata in Italia con lui. La signora della portineria aveva una conoscente che cercava lavoro. Era spagnola, mi aveva detto. Sarebbe stata disponibile e persino contenta di partire.

Dolores è di La Coruña, una città dove la Spagna confina con l'oceano. Per andare avanti, dalla sua terra, si poteva andare solo per mare: in Sudamerica. Lei, prima di otto fratelli, famiglia poverissima, si era sposata molto giovane con un portoghese e lo aveva seguito in Belgio. Era andata indietro, non avanti. Un paese straniero alle sue spalle. Doveva aver avuto una vita molto infelice. Parlava pochissimo. Non saprei dire quanti anni aveva, non lo ricordo. Le "cose" di prima non le ricordo quasi più. Non è vero che l'oblio non esiste. La testa seleziona, fa archivio continuamente e molto scarta. Fa spazio, compatta. Magari non elimina del tutto ma comprime in un formato illeggibile. Anche se ti sforzi non trovi la chiave, non lo puoi decifrare più.

Cinquantacinque, forse. Fra cinquanta e sessant'anni. Era molto materna con Alessia e Livia. Non c'era cosa di cui avessero bisogno che lei non avesse già pensato, preparato, previsto. Arrivava la mattina presto e stava con loro fino alle sei di sera. Io le portavo a scuola alle otto, lei andava a prenderle dopo la mensa. Mathias il pomeriggio di solito rientrava presto. Io spesso viaggiavo. In quel periodo ero responsabile dell'Asia per la mia azienda. Ci andavo di frequente. Potevo partire poco ma spesso o più a lungo e più di rado. Qualche giorno in un mese, qualche settimana in un trimestre. Quando non c'ero, Dolores e Mathias cenavano insieme dopo aver messo a letto Alessia e Livia, a volte lei restava a dormire. Aveva la sua stanza. Con Mathias esisteva un'intesa speciale. Ridevano molto. Lei lo accudiva come lui avrebbe desiderato che io facessi, immagino. O come avrebbe voluto che avesse fatto sua madre, se un bambino può desiderare qualcosa che non conosce. In ogni caso Dolores era perfetta per loro. Io non sono mai stata gelosa, non conosco la gelosia. Vedevo che Alessia e Livia erano così legate a lei, che avevano il suo nome sempre in bocca. Nei bisogni, nei racconti. Non ero gelosa, no. L'amore si moltiplica, non si divide.

Sentivo ogni tanto, nelle parole della gente fuori, la disapprovazione per il fatto che fossi a volte assente, lontana per lavoro. Nel piccolo paese in cui vivevamo, e in generale in Svizzera, le donne con figli sono solite stare a casa. Le donne hanno avuto il diritto di voto negli anni settanta in Svizzera. L'altro ieri. È un paese molto, molto maschilista. Mathias non mi ha mai fatto pesare le partenze. Però con Dolores aveva una segreta e cifrata sintonia. Anche su questo, a volte, in certi dettagli, percepivo la loro solidarietà. Lei deve partire, si dicevano. Lei. Era un po' come se sentissero che stavano facendo loro quel che avrei dovuto fare io. Senza dirlo però. O almeno: senza dirlo mai ad alta voce.

No, non credo che abbiano avuto una relazione diversa da quella che vedevo. Lei era molto più grande. Però chi può sapere. Le ragioni che legano gli individui, i bisogni che si incastrano gli uni negli altri, sono alchimie misteriose. Si comportavano, quando erano soli, come se fossero i veri genitori di Alessia e Livia. Poi sempre, quando io rientravo a casa, Dolores si ritirava. Tornava svelta e silenziosa a casa sua. Non stavamo mai troppo insieme lei e io. Anzi, quasi mai.

Mathias le ha lasciato una somma in eredità, nel testamento. Ha pensato a lei quella domenica, o il sabato quando lo ha scritto, non so. La settimana prima, sono abbastanza certa, in quel cassetto il testamento scritto a mano non c'era. Sono convinta che lo abbia lasciato lì quell'ultimo weekend. Se invece era pronto da prima e lo teneva nascosto, allora vuol dire che stava pensando a quel che ha fatto da tempo, ma mi sembra impossibile. Non mi pare concepibile che pensasse di uccidersi quando è partito per le vacanze, a Natale. Le vacanze con i suoi amici, tre settimane su un veliero. Non credo proprio. Lo ha scritto dopo: al ritorno. Dopo che abbiamo avuto quello scambio sul tema del divorzio, probabilmente. In ogni caso. Un paragrafo di quella pagina di testamento lo ha destinato a Dolores. D'altra parte le era molto riconoscente, lo capisco. La sera prima di partire, il sabato, aveva cenato con lei.

Quello che no, non capisco tanto, è come mai nei giorni che sono trascorsi tra la domenica in cui Mathias è partito con la nostra auto e il giovedì in cui si è ucciso, in quei cinque giorni in cui di Alessia e Livia non si sapeva nulla, Dolores non abbia sentito il bisogno di cercarle, di venire con me alla polizia, di testimoniare sulle loro ultime ore. Non capisco perché sia sparita, così, nel nulla, anche lei. Le aveva cresciute giorno dopo giorno per sei anni. Tutta la vita. Aveva vissuto nella nostra casa. Era quasi come una madre per loro. Quello che non mi spiego è la sua assenza nel momento della paura.

Ho avuto paura subito, certo. Quando sono arrivata nella casa vuota e buia, ho trovato i due pupazzi e i pigiami sul letto. I seggiolini delle bimbe erano a casa mia, nell'altra auto. Mathias non avrebbe mai portato Alessia e Livia in auto senza legarle ai seggiolini nel sedile posteriore. Mai, mai. Era una regola inviolabile. Mi è salito il cuore in gola. Ho chiamato subito Dolores, è stata la prima persona che ho chiamato. Dove sono Alessia e Livia? Non so, signora, mi ha detto soltanto. Non so. Sono passati tre giorni prima che venisse a casa mia. Lunedì, martedì, mercoledì. Di Mathias non avevamo ancora nessuna notizia. La polizia lo cercava. È venuta a farmi visita insieme a un'amica, sono rimaste pochi minuti in salotto, sono andate via subito. Come una cortesia, un gesto formale.

Da allora non l'ho più sentita. So che è stata al funerale di Mathias, so che vede sua madre, i suoi fratelli. Io però non l'ho più vista. Alla mia lettera non ha mai risposto.

11.

Elenco. Rabbia

Cose che ancora mi fanno rabbia.
(Venirne a capo, smontarle, no ossessione.)

1. Quando nel terzo anniversario della scomparsa, durante la riunione di redazione di quel giornale svizzero, qualcuno propone: “Torniamo sul caso Lucidi. Vediamo a che punto sono le ricerche di Alessia e Livia” e qualcun altro, il caporedattore, una donna, risponde: “No, ancora il caso Lucidi no. Ha stancato, si è esaurito. Non interessa più. Pensiamo a qualcos’altro”. Domande: in che modo un giornalista decide che due bambine sparite nel nulla sono un caso “esaurito”? Esaurito per chi? Ha stancato chi e in base a quale criterio? C’è un tempo limite per parlare di un caso irrisolto?, e se sì, quale? Molto importante conoscerlo. Un anno, due anni? In particolare una donna: cosa spinge una donna con una così grande responsabilità a stabilire che un’altra donna – “il caso Lucidi” – che cerca le sue figlie non è interessante?

(Immaginarla. Provare a capire cosa la irrita. Come trascorre il suo tempo. Pensare che forse ha qualche grande dolore segreto che questa storia dolorosa rinnova. Ipotesi: si sta difendendo, non sta attaccando. Capire, non dare spazio al risentimento.)

2. Quando la cronista va dal capo della polizia del cantone svizzero e gli chiede come abbiano impostato le indagini, e il capo della polizia risponde: "Indagini? Quali indagini? Ma lei ha letto la mail della signora Lucidi a suo marito? C'è poco da indagare, è tutto chiaro".

(Rileggere la mail come se l'avesse scritta un'altra. Individuare fonti di offesa: forse ci sono. Immaginare la qualità e quantità di lavoro del capo della polizia: forse cose più importanti e gravi da fare. Immaginare la sua vita, le donne della sua vita. Madre? Moglie? Figlia/e?)

3. Quando il poliziotto, la sera della scomparsa, risponde: "Tranquilla, signora. Suo marito è svizzero tedesco, non brasiliano. Tornerà". (Brasiliano? Brasiliano? Cercare biografie brasiliani notevoli. Ipotesi viaggio vacanza Brasile. Studiare portoghese. Scaricare musica brasiliana. Caetano Veloso.)

4. Quando la psicologa della terapia di coppia risponde al telefono non mi disturbi più, e riattacca. (Difficile. Chiedere parere a chi conosce deontologia professionale. Provare a immaginare che esista protocollo. Parlarne una volta con Luis. Forse problema con telefono che si abbassa. Rifiuto, esclusione, infanzia. Difficile.)

5. Quando la sua psicologa mi manda la fattura delle ultime due sedute per il saldo del conto con un biglietto che dice: *Viste le circostanze, la inoltro a lei.* (Viste-le-circostanze. Immaginare quanto tempo abbia impiegato per trovare la formula secondo lei adatta. Poco, d'istinto? Molto, con studio? Compatire, comunque.)

6. Quando scopro che nessuno ha messo i sigilli alla nostra casa, che le scarpe di Mathias sono ancora lì, sporche di

fango. Quando vado alla polizia con le scarpe da trekking sporche di fango e spiego: i vicini gliele hanno viste addosso la domenica mattina, prima che sparisse. Dov'è andato, perché si è cambiato, perché lasciarle in casa? Perché non analizzare la terra nelle suole, utile forse a ricerche, e la polizia risponde: signora tutta la terra è uguale, tutti i boschi sono uguali.

(Boschi, uguali. Terra, uguale. No di certo, ma pensare che sì, in un certo senso. In un altro senso. La terra è uguale, da dentro. Da molto vicino. Da molto lontano. Uguale. Dalle stelle. Terra. Acqua, aria.)

7. Il necrologio di mia suocera col mio cognome dopo quello di Mathias.

(Mia suocera. Non usare "mia". Suocera. Persona. Madre. Norma. Infelicità. Non toccare.)

12.

Caro Mathias

A Mathias, per mail
26 gennaio 2011

Caro Mathias,

mi ha fatto molto piacere sapere da Alessia e Livia che le vostre vacanze in barca sono state così belle. Mi auguro che abbiano portato a tutti serenità. Sono state molto lunghe, in effetti. Più di quanto stabilissero i nostri accordi: tre settimane senza le bambine sono state pesanti per me, ma quando e se loro sono felici, io lo sono.

Ora che riprende il ritmo dell'inverno ci sono alcune piccole questioni che vorrei mettere a registro. Cose marginali, tuttavia importanti. Mi arrivano tutte le contravvenzioni della macchina, è immatricolata a mio nome. Poiché la usi tu, e intendo lasciartela, vorrei che tu facessi il cambio di proprietà e che trascrivessi a tuo nome l'assicurazione. È un piccolo fastidio, necessario.

Vedo inoltre dagli estratti bancari che stai usando il nostro conto comune per le tue spese personali. Non erano queste le intese. Il nostro conto comune è destinato ai bisogni di Alessia e Livia, dunque naturalmente la spesa – intendo con questo il cibo, i vestiti, le attrezzature scolastiche e sportive – e ogni altro acquisto anche straordinario che riguardi loro due nei periodi in cui sono con te. Quando sono con me attingo dal mio conto personale, come sai. Dunque vorrei che tu non usassi il nostro denaro comune per i tuoi viaggi, i tuoi ristoranti, le tue imposte. Ti prego di usare per queste spese il tuo conto.

Infine, Mathias. No, non ho intenzione di tornare a vivere con te nell'anno nuovo "perché sei molto triste", come mi hai fatto chiedere attraverso Alessia e Livia. Ti pregherei di non usare le bambine per inviarmi messaggi, di non affidare a loro richieste e preghiere, di non manipolarle in modo che la loro supplica possa ottenere quel che tu e io abbiamo escluso. È una crudeltà nei loro confronti. Non essere crudele con loro. Discutiamo di quel che c'è da discutere tra adulti, proteggiamole fin dove ci è possibile.

A questo proposito. Nelle prossime settimane dobbiamo depositare le carte per il divorzio. Le mie sono pronte, e ti confermo la mia determinazione a procedere. Vorrei che tu preparassi le tue, in modo che quando saremo convocati dal giudice non ci siano dilazioni dovute a qualche tua inadempienza. Ti conosco come persona di straordinario rigore e precisione. Prova a esserlo anche in questa per tutti difficile circostanza.

Ti ringrazio. Ci sentiamo per gli accordi sugli orari di scuola, venerdì.

I.

13.

Cara Paola

Cara Paola,

non basteranno i due giorni del nostro weekend per raccontarti la meraviglia del viaggio in Patagonia. Non vedo l'ora di venire a Roma da te. Mancano solo quarantadue giorni, da quando abbiamo deciso la data li spunto dal calendario. Luis ride ogni mattina, a colazione, quando mi vede barrare la casella. Dice che anche lui da bambino, per Natale, apriva una finestrella al giorno, riconosce la serietà del compito. Ma poi tu verrai, vero, a Granada a vedere gli studi dove facciamo i cartoni animati, la nostra casa, i nostri amici? Verrai a stare un po' con me e Luis? Perché questo lo devi vedere, non c'è racconto possibile. Mi sento così nuova da quando sono qui: nuova e anche un po' ragazzina come tanti anni fa, mi sento di nuovo Irina. Io e basta. Solo io.

Ma tu questo lo sai.

Ogni tanto penso: che fortuna averti avuta sempre accanto, che meraviglia un'amicizia come la nostra. Tu che sai sempre ridere, in ogni momento sai vedere l'angolo ottuso delle cose e indicarlo a voce alta, prenderlo in giro. Se non ci fossi stata tu, quando non potevo uscire perché i furgoni delle televisioni e i giornalisti a decine, assiepati, accampati, vivevano davanti al portone. Mesi, ti ricordi? Mesi. Dicevo, ogni mattina: be', saranno andati. Oggi vedrai che si saranno stancati. Cosa aspettano, alla fine? Cosa vogliono? Invece no, erano sempre lì, e allora arrivavi tu. Ogni volta con una bottiglia, col racconto di un fatto incredibile successo in ufficio, con un'imitazione da fare. Poi dicevi: vieni, usciamo dai tetti. Una volta abbiamo anche provato, ti ricordi quando sono rimasta incastrata nel lucernario? Che paura, che risate alle lacrime. Poi a volte ti vedevo piangere, e allora dovevo essere io a dirti: dai, per favore, dai. Vedrai che ce la facciamo. E tu dicevi: a fare cosa? A curare questa congiuntivite? Certo che ce la facciamo.

Grande Paola. Bisogna che ti ringrazi per lettera, perché di persona non mi lasceresti. Amo che tu abbia fatto la dieta ayurvedica con me quando ho deciso che dovevo purificare il corpo a base di riso bianco e acqua, beveroni di erbe, per settimane e settimane. Amo che tu sia arrivata con un pollo piccante, una sera. Amo che tu sia andata a cercare tutti i libri di Brian Weiss, quando è stata la stagione dell'ipnosi, e che tu mi abbia aiutata a rispondere a tutte le lettere dei veggenti e dei medium, quando ne arrivavano anche dieci al giorno. Che tu abbia preparato una cartina su cui segnare ogni luogo dove dicevano di aver "sentito" Alessia e Livia: in Messico, in Sudafrica, in Russia, in mare, in Corsica, in Italia, in Ucraina, in Giamaica. Che tu me l'abbia messa davanti agli occhi, un giorno, senza dire niente. Una cartina del mondo zeppa di cerchi e stelle fatti a penna. Abbiamo continuato, quella volta. Si sono aggiunte le cabale gli astrologi i triangoli. Siamo state a un passo dagli sciamani. Poi mi hai detto: lo vedi, sono loro che cercano te. Sono loro che hanno bisogno di te. È vero, è così, avevi ragione. È terribile da dire, ma c'è stato un momento in cui mi è parso che si divertissero. Una specie di piacere macabro, sì. In ciascuno di loro, e nel pubblico che li ascolta con una mano aperta davanti alla bocca e ne vuole ancora.

Amo che tu abbia tenuto i miei adorati genitori alla giusta distanza, certi giorni, e che tu sia riuscita a insegnarmi certi trucchi al computer, così abbiamo potuto trovare quelle musiche rarissime che avevo sentito una volta sola – erano magnifiche – e dovevo assolutamente risentire. Amo che tu sia stata felice, l'ho visto nel tuo sguardo, quando ti ho detto che avevo deciso di andare a trovare Luis a Granada, nella casa di cui in fondo già da un bel po' di tempo avevo le chiavi. Eri contenta davvero, quasi saltavi.

Tu non mi hai detto mai ma come puoi?, non l'hai mai pensato. Non c'è nessuna traccia di ipocrisia, di finzione, di messa in scena nel tuo modo di stare con me nella mia storia. È quella che è. È questa tutta intera. È come se non ci fosse, per te, un prima e un dopo. È come se io fossi rimasta sempre io, nei tuoi occhi: io che rido e piango, io e non un'altra. E d'altra parte tu, allo stesso modo, sei rimasta Paola. Identica.

Se dovessi spiegare cos'è un amico, questo direi. Un amico è quella persona per cui anche se è cambiato tutto non è cambiato nulla.

Quarantadue giorni. Dai. Ti porto un regalo dalla Terra del Fuoco che ti farà arrossire di imbarazzo. Scommettiamo? Quando l'ho visto ho detto: è suo, a qualunque costo. Luis ha detto: la trattativa la fai tu, io non voglio essere coinvolto. Rideva.

Ti bacio Paoletta, non vedo l'ora.

I.

PS Prendili, sì, i biglietti per il concerto. Poi, se all'ultimo non ne abbiamo voglia andiamo all'ingresso e li regaliamo a una coppia di ragazzi che ci piace, come facemmo a Ginevra quella volta. Kiss you.

14.

Elenco. Felicità

Cosa mi fa felice

1. Aggiornare questo elenco almeno una volta al mese. Cancellare cose (poco), modificarle (a volte), aggiungerne (quando posso).

2. I dialoghi di *Casablanca.*

3. L'acqua del mare. Il mare.

4. Pippi Calzelunghe.

5. *Die Winterreise* di Schubert.

6. Le balene. Las ballenas jorobadas. Le balene con la gobba.

7. Le case sugli alberi.

8. La Sierra Nevada.

9. Luis.

10. I libri per bambini, quando sono belli (quasi tutti).

11. Il vino rosso, quando è buono.

12. Camminare in montagna, in salita. Il movimento. L'aria addosso.

13. Certe parole. Certi modi di dire. "Se la rempamplinflan", per esempio. Non gli danno importanza, sarebbe.

14. Il bosco quando il sole filtra poco.

15. Gli scarabocchi dei bambini sui fogli dei grandi, e anche sulle pareti.

16. Mia nonna.
17. Andare al cinema.
18. La compassione e il pudore. Insieme, meglio.
19. Vera, la mamma di David.
20. Sognare Alessia e Livia, sempre.
21. La voce di Luis, anche senza Luis.
22. Fare felice qualcuno.
23. Sorridere a uno sconosciuto per strada e vedere l'effetto che fa.
24. Scoprire una musica che non conoscevo, bella.
25. Dormire quando sono stanca. Dormire tutta la notte.
26. Scrivere, leggere. Scrivere di quello che ho letto agli amici.
27. Gli amici.
28. Un bacio all'improvviso, quando non lo vedi arrivare e un po' fa anche paura, all'inizio.
29. Ascoltare qualcuno che si indigna e ha ragione.
30. Correre in bici da corsa, volare.
31. Lavorare a un progetto insieme a qualcuno. Realizzare, insieme.
32. Louise Bourgeois con una scultura sottobraccio. Quella foto, quella scultura.

15.

Io di te. I fatti sono semplici

I fatti sono semplici, terribili e noti. Una domenica di gennaio del 2011, l'ultima del mese, tuo marito Mathias è andato a prendere le bambine – le vostre figlie gemelle, bionde, diverse, una rotonda una affilata, sei anni appena compiuti, bellissime – a casa dei vicini dove le aveva lasciate a giocare. Eravate separati, quel fine settimana le bambine stavano con lui. Più o meno all'una si è affacciato al giardino dei vicini dove le aveva mandate a giocare, le ha chiamate. Loro, i vicini, hanno detto svelte bambine, che papà vi chiama: andate, è ora di pranzo. Alessia e Livia sono corse da lui. Da quel momento sono scomparse. Lui è partito in auto, verso le quattro di quello stesso giorno. Con la tua macchina. Loro erano con lui? Non c'erano? Non si sa. I seggiolini dell'auto li avevi tu. I peluche senza i quali le bambine non andavano mai a dormire li hai trovati al loro posto, sui letti. Mathias ha fatto un lungo viaggio da Saint-Simon, il paese vicino a Losanna dove vivevate, ed è arrivato attraverso la Francia e poi la Corsica, via nave, a Cerignola, in Puglia. Ha posteggiato la macchina con cura, è andato in stazione, si è messo sui binari e ha aspettato il treno. Si è lasciato travolgere, si è ucciso così. In quei cinque giorni di viaggio ti ha scritto: "Le bambine non hanno sofferto, non le vedrai mai più". Di Alessia e Livia non si è trovata mai nessuna traccia.

16.

Signora giudice

Carissima signora giudice,

mi mancano le parole per esprimerle la mia gratitudine per avermi ricevuta. Di sabato, in un giorno di festa, aprendo lei stessa con le chiavi la porta del suo ufficio nell'immenso palazzo vuoto. Mi ha commossa vederla arrivare in auto, da sola, posteggiare la sua utilitaria nel parcheggio deserto, venirmi incontro col sorriso. Mi scusi se mi permetto tanta confidenza ma conosco la solitudine e la riconosco, non mi è nemica, al contrario: è diventata nel tempo una compagna e un'alleata. Nel tempo, perché al principio è stata una vera guerra. L'assenza mi ha dato assedio, come fanno gli eserciti con le fortezze. Mi sparava le sue frecce e le sue palle di cannone, aspettava la notte, profittava della mia debolezza e la cercava per vincermi. Mi ha logorata nell'attesa, perché sa, giudice, l'attesa delle persone amate non è una pausa: è un lavoro incessante, una fatica mostruosa, una lotta contro i peggiori dei pensieri. È uno spazio che si riempie di mostri e ti sorprende alle spalle. Gli anni passano, i minuti no. Il tempo della vita vola via e insieme ti dice a ogni istante che proprio quel momento avresti voluto e dovuto passare con chi ami, quello e non un altro, non ce ne sarà un altro uguale, e allora perché non è lì, perché ti lascia nell'angolo la persona che da sola darebbe luce e forza alla tua vita, a cui vorresti affidare intera la tua? Dove altro è, e perché? Perché: questa la domanda alla quale nessun libro, nessun luogo, nessun farmaco, nessun mago dà pace.

Mi scusi, mi perdo. Intendevo solo dirle che in quei suoi pochi passi verso di me l'ho riconosciuta in lei, la solitudine, e adesso che ne so la potenza e la bellezza avrei voluto dirglielo: salve, eccomi, benvenuta.

Lei mi ha chiesto, per prima cosa, di raccontarle i fatti. È giusto. I fatti. Nel ripeterli ad alta voce, ogni volta, mi sorprende la quantità di lacune, di circostanze ignote. Lei stessa era incredula, ho notato pur nel suo contegno, della quantità di omissioni e difetti nell'inchiesta. È stata un'inchiesta svizzera, le ho detto. Mi è parso che abbia sorriso ma non sono certa, ha chinato il capo. Le farò avere i documenti. Sono sei faldoni di carte. La mia memoria mi è venuta in soccorso, negli anni dell'assedio dell'assenza, e mi ha per questo abbandonata. Non ricordo più quasi niente dei dettagli. Sono tutti in quelle inutili carte. Le tradurremo, lei potrà studiarle.

Poi mi ha chiesto, subito dopo, cosa mi aspetto. È la più grande e la più difficile delle domande, per me. Ma ho capito cosa intendeva dirmi senza dirlo, e anche di questo le sono grata. Che non c'è molto da aspettarsi, riguardo ad Alessia e Livia. Questo ho pensato che lei pensasse, e so che ha ragione. Non c'è molto da aspettarsi. Al novanta per cento delle probabilità sono morte: sepolte in un bosco, gettate in mare, non so. Le penso in mare, quando riesco a farlo. Magari in mare sono diventate pesci, sirene, piccole balene. Non so dirle perché: preferisco l'acqua alla terra. In ogni caso sì: è ragionevole pensare che siano state uccise. Due bambine di sei anni, grandi abbastanza per dire e per pretendere, non sarebbero rimaste tutto questo tempo senza trovare il modo di farsi riconoscere, di chiedere a qualcuno la mamma dov'è. E non si sarebbero accontentate di nessuna tra le più convincenti delle risposte bugiarde. Sono molto sensibili, Alessia e

Livia. Molto intelligenti. Capiscono, sentono ogni cosa. Avrebbero trovato un modo, in questi anni di assenza, di farmi sapere: siamo qui. Una persona, un trucco. Anche se avessero detto loro la mamma è morta, oppure la mamma non vi vuole più, se n'è andata. Avrebbero incrociato qualcosa o qualcuno, penso, in grado di cogliere un segnale e di trasmetterlo. Di insospettirsi, di impietosirsi, di capire. Il nulla assoluto è per paradosso la vera prova che non ci sono più: il nulla, il silenzio, è la prova. Lo leggo anche adesso nei suoi occhi, signora giudice. Però vede. Il nulla non basta. Anche se fossero novantanove, le probabilità. Anche se ne restasse solo una su cento che le mie figlie siano in un luogo del mondo, magari separate, lontanissime, magari in un paese di cui non conoscono la lingua, magari invece accudite in segreto da qualcuno che amano e dunque persino quiete ormai nel loro dolore, persino in qualche modo serene. Ecco. È quell'unica possibilità che devo percorrere. È quella sola piccolissima ipotesi che le chiedo di aiutarmi a mettere in luce. Che sia reale o insensata: questo ho bisogno di sapere. Anche per sentirmi dire che no: non esiste. Ecco le evidenze, abbiamo cercato e ora abbiamo le prove: la possibilità che siano in vita non esiste. Ma fino ad allora, lei capisce signora giudice, io non posso che essere con ogni fibra in quello spazio minuscolo. Non posso voltare le spalle e camminare altrove: io resto lì.

Dunque, le ipotesi. Bisogna che cominciamo da capo, perché partiamo dal niente. Riesce a crederci? Non c'è nessuna traccia, in nessun luogo. Il nulla assoluto. Mathias, il padre delle bambine, era un uomo molto meticoloso e non ha lasciato niente al caso. Mi ha mandato una lettera, prima di uccidersi, in cui diceva persino dove aveva deposto l'orologio nell'auto, dove aveva parcheggiato la macchina. Però non c'è niente, niente che faccia pensare che le bambine siano davvero partite con lui, nonostante abbia comprato tre biglietti del traghetto per la Corsica. Nessuna immagine, nessun testimone. Ha distrutto il Gps dell'auto, ha fatto sparire il registratore che portava sempre con sé nella macchina. In casa, del resto, non c'erano tracce di siringhe, di cotone, di farmaci. Nessuno ha visto niente. Le testimonianze sono contraddittorie e inaffidabili. Nessuno ha più visto Alessia e Livia dall'una di quella domenica pomeriggio. Nessuno che possa dire: ecco, guardate questa foto, eccole. Allora dove sono? Perché ci sono i loro pupazzi della notte, in casa, i loro pigiami, e i loro corpi no? Perché le persone che avrebbero potuto dare notizie utili – gli amici di Mathias, la sua famiglia, la nostra tata, gli psicologi che lo avevano in cura – sono stati così evasivi, latitanti? Così assenti. Così freddi nel dolore che sarà stato grande anche per ciascuno di loro, certo non come il mio ma grande, è sicuro. E non basta, non vale dire: è la Svizzera, signora giudice. Fa anzi vergogna dirlo e anche solo pensarlo. Sì, è vero. Hanno un altro modo di manifestare i sentimenti, lo so bene, ma conoscono dei sentimenti lo spartito intero. Come tutti, come ciascuno di noi. Non facciamo l'errore che in tanti hanno fatto con me, in questi anni, dicendo: è italiana. So il maschilismo, il razzismo, i pregiudizi di cui sono stata oggetto. Non intendo nemmeno per un attimo rovesciarli contro chi non riesco – per mio difetto – a comprendere perché non mi somiglia. Solo dico, le dico: c'è qualcosa che manca, in questa ricognizione dei fatti. C'è proprio un vuoto che corrisponde a quello che sento, ingigantito, dentro di me. Una tessera del puzzle sparita.

Allora ecco, signora. Io sono italiana, le mie figlie lo sono. Lei rappresenta oggi per me la giustizia del mio paese. Dunque: la Giustizia. Mi affido a lei. È tardi, lo so. Avrei dovuto e potuto farlo prima. Ero molto confusa, mi comprenda. Ero come stordita. Ho avuto fiducia nel mondo intorno perché è nel mondo che sono stata abituata a vivere, il mondo senza confini di cantone. Sono stata ingenua, imprudente, inefficace. È anche questo che non riesco a perdonarmi. Non aver fatto bene e subito tutto quel che potevo. Sono quattro anni che provo a rimediare e lo farò per il resto della vita. Ora ho incontrato lei e questo mi fa sentire già meglio. Nel posto giusto, finalmente. Nel mio posto. Nel mio paese, nel mio mondo. Questo ho pensato quando l'ho vista scendere dall'auto con i suoi fogli sottobraccio, nel parcheggio deserto del Tribunale, di sabato. Che avrebbe dovuto essere a casa a pranzo con la sua famiglia, che di certo aveva altri programmi per quel giorno – parlare con un figlio, andare al cinema con un marito, finire di studiare una pratica o ascoltare una musica –, e invece era lì, da una sconosciuta. Mi sono detta: ecco, sono arrivata dove dovevo. In effetti è così. I suoi modi mi hanno resa orgogliosa di poterli condividere. Nel tempo che ho trascorso a parlare con lei, nel suo ufficio, mi sono sentita dove dovevo arrivare. Una specie di traguardo, non so se mi capisce. Come se la mia corsa fosse arrivata a destinazione. Come se potessi passarle il testimone senza perderlo di vista, con fiducia. Non pensi che voglia carpire la sua benevolenza, voglio solo per una volta parlare con libertà sincera. Confidarmi, affidarmi. Lei farà il prossimo pezzo di strada, lo so. Non importa dove ci condurrà. Importa arrivare in fondo, poi guardarsi in faccia, morti di fatica, e dire: ecco, abbiamo fatto tutto. È tutto qui con noi, l'abbiamo fatto. Dopo magari salutarsi, dirsi grazie e andare via.

Quanto tempo le ho fatto perdere ancora con queste parole, deve scusarmi.

Grazie di avermi dato udienza e ascoltata, volevo solo dirle: non sa quanto sia stato importante per me. Anzi sì, mi perdoni: certo che lo sa.

Con gratitudine.

I.

17.

Caro Vittorio

Vittorio,

ti ricordi quella notte nella casa di Cerreto, nella nostra stanza, quando sei venuto a sederti sul mio letto e io non volevo parlarti, stavo con la testa sotto le coperte e non volevo uscire? Avevo sei anni, ne sono sicura perché era il primo giorno d'estate dopo la prima elementare. Eravamo arrivati quel pomeriggio nella casa dei nonni. Tu eri proprio piccolo. Non avevo nessuna voglia di spiegarti niente, sentivo un dolore grande nel corpo, come una pressione fortissima sul petto che mi impediva di respirare. Forse ero malata, forse sarei morta all'improvviso come la signora Adelina quella delle uova, pensavo. Mi ricordo perfettamente ancora adesso l'odore delle lenzuola, il respiro caldo che dalla stoffa mi tornava sul viso. L'odore strano del mio fiato. Ricordo che la mia preoccupazione era che se fossi morta nella notte mi avresti trovata tu e ti saresti spaventato, e mamma si sarebbe arrabbiata con me – già morta – per averti fatto paura. È forse il ricordo più lontano che ho di noi due da piccoli. Uno spavento. Non ero malata: ero innamorata. Ma che ne sapevi tu dell'amore, come potevo spiegartelo. Non avevo le parole, del resto. Nemmeno io le sapevo.

L'ultimo giorno di scuola Susanna mi aveva mostrato l'anello. Ecco cosa era successo. Marco prima di partire per l'estate aveva regalato un anello a Susanna. Era fatto con filo di ferro arrotolato, ci aveva infilato alcune perline e una foglia vera, una foglia verde. Così non ti dimentichi di me, le aveva detto. Almeno, questo aveva raccontato Susanna a noi bambine, a ricreazione, tutta orgogliosa, odiosissima: Marco mi ha regalato un anello per l'estate, così siamo fidanzati tutto il tempo fino a che non torniamo a scuola e io non lo devo togliere mai, mi ha detto, nemmeno quando faccio il bagno, così mi ricordo che siamo fidanzati. Dondolava da un piede all'altro, aveva un vestito corto mi pare celeste, quelle sue gambe magre magre, teneva il braccio teso e ci mostrava l'anello con la foglia. Quando alla fine te l'ho raccontato, quella notte – "lasciami stare, Marco ha regalato un anello a Susanna", "chi è Marco?", "lasciami stare", "dai, chi è? E chi è Susanna?", "levati, mi pesi addosso, torna a letto" –, dopo un po', quando pensavo che ti fossi riaddormentato e avevo ricominciato ad avere paura di morire, dopo un po' tu mi hai detto: Iri, te lo regalo io un anello. Allora mi è venuto da piangere. Non so perché, avevi detto una cosa bella. Invece ti ho risposto male, da sotto le coperte. Ti ho detto: smettila, scemo, tu sei mio fratello. I fratelli non si amano e non si regalano anelli. Sei proprio cretino.

Vabbè Vittorio, magari non te lo ricordi. Ho pensato così tante volte da grande che dovevo chiederti scusa, ma poi sempre mi dicevo: non se lo ricorda, è inutile. Comunque quello che volevo dirti è che i fratelli si amano, invece: io per esempio ti amo.

Poi volevo anche dirti che non mi sono mai più innamorata, nella vita, di qualcuno che non mi amasse prima. Magari non sarà stato per l'anello di Marco, sicuramente no. Però è certo che non mi sono mai innamorata di qualcuno che non fosse già innamorato di me: come se quella fosse una condizione necessaria, penso adesso. Un requisito. Mai un amore non corrisposto, mai. Quando ascolto le terribili pene delle mie amiche, quando leggo i romanzi russi e vedo i film americani, sempre mi fermo e penso: io, così, mai. Ti ricordi Guido, l'anno della maturità? Quello un po' bullo, bocciato un anno, il ribelle della scuola. Non ti piaceva per niente. Però lui aveva scelto me, tra tutte, e io mi ero lasciata scegliere. Ti ricordi Luca, all'università? Era così intelligente, leggevamo e studiavamo tutto il giorno, andavamo quasi ogni sera al cineforum, avevamo iniziato a fare insieme dei cortometraggi. A un certo punto sua madre aveva comprato per lui, per noi due, una casa vicino alla loro. Mi aveva scelta, mi avevano scelta. E Hal? Te lo ricordi Hal l'irlandese?, dicevi che somigliava ad Anthony Perkins. Era il mio primo anno di lavoro all'estero. Hal era bellissimo, è vero. Faceva politica, scriveva, viaggiava. Lo amavano tutte, non so perché abbia scelto me. Era un po' noioso nella vita domestica comunque, sappilo: molto diverso da come sembrava fuori. Ci siamo lasciati una domenica mattina, eravamo ancora a letto, lui stava leggendo una biografia di Stalin. Gli ho detto: Hal, penso che ci dovremmo lasciare. Lui ha risposto: I think it's a good idea, e ha continuato a leggere. Ha sempre fatto quello che gli proponevo, del resto. Era docile.

Anche dagli altri, dopo, mi sono lasciata scegliere. Da tutti fino a David, che voleva che andassi a vivere con lui nell'Indiana e che mi convertissi all'ebraismo: ti ricordi che persone meravigliose erano i suoi genitori? Sua madre Vera sopravvissuta ai campi di sterminio, Vera, che donna. La nonna Klara la adorava. Ho dato il suo nome ad Alessia, il secondo nome. Anche David mi aveva scelta, voluta, pretesa.

Però sai, Vittorio. Nessuno di loro mi ha mai regalato un anello. Ci pensavo ieri: come mai? Forse qualche volta me lo hanno proposto e non l'ho voluto, non saprei. Non ho memoria di anelli. Eppure non può esistere un regalo più bello, no?, da fare a una persona che ami. Come diceva Marco a Susanna: un anello, così ti ricordi che siamo fidanzati. Che sta sempre con te, sul tuo corpo, che lo circonda e lo tiene, lo consola e lo rincuora, che è insieme un segreto e una vetrina. Un impegno, una promessa. È l'unica cosa da regalare quando si ama, no? Non c'è altro. Non può esistere altro. Un anello. Pensa che scoperta ho fatto, a quasi cinquant'anni! Non dirlo a nessuno ti prego, nemmeno a Orsola. Prometti.

Ecco, Vic. La verità è che ti ho scritto per dirti questo: Luis mi ha regalato un anello, ieri. Non ci ho quasi dormito, stanotte. Volevo chiamarti subito, ma c'era il fuso e non potevo. Non credo di essere mai stata così felice. Volevo dirti queste parole a voce alta, senza vergogna. Felice, mai così tanto. Ti sembra un sacrilegio? Lo so, lo so. Però lasciami questi minuti intatti. Una gioia incredibile, una gioia perfetta. Luis mi ha detto: provalo, non è niente di speciale ma mi pareva giusto per te, l'ho visto e ho pensato: è proprio come lei, le somiglia. Non è niente di speciale, ha detto. E lo sai com'è fatto? Sono foglie d'albero che formano un cerchio. Foglie, ci puoi credere? Ho avuto una specie di smarrimento, un vuoto d'aria: sono tornata indietro di più di quarant'anni a quella notte, ti ho visto nel letto, ho sentito l'odore delle lenzuola e le tue parole. Dovevo telefonarti subito. Però Luis era lì con i suoi occhi che mi chiedeva: cosa c'è, non ti piace? Allora ho lasciato che me lo infilasse al dito, mi è sembrato di avere sei anni e ho pensato che non ho mai amato prima, un uomo, quanto amo lui. Mai.

Tranne te, certo. Ma i fratelli non si regalano anelli, adorato piccolo mio. Ti ricordi? Scemo...

Ti stringo forte fino a farti soffocare, ti torturo col solletico, ti bacio in faccia dappertutto anche se ti fa schifo, ti costringo a farti baciare, che tanto sono più grande, sono più forte e non ci puoi fare niente. Chiedimi per favore, se no non ti lascio.

Ti aspetto, baby. Vieni a vedere il mio anello. Vieni presto. Love.

I.

18.

Norma

Esistono infinite opportunità per mostrarsi impeccabili in Svizzera. A Norma non ne è mai sfuggita una. Al principio mi pareva un meccanismo perfetto. Un fenomeno abbastanza impressionante. La osservavo come potrebbe fare un'antropologa che scopra un'etnia non censita, del tutto sconosciuta. Quasi prendevo appunti. I suoi orari, le sue abitudini, i suoi vestiti, le sue parole. La sua sequenza di gesti. Non ne sbagliava uno. Erano un errore nell'insieme, ma singolarmente: nessuno. Mi sarebbe anche piaciuto imparare qualcosa. Così, per eventuale autodifesa. Non ci sono riuscita. Aveva un segreto che non ho decifrato. Però neppure mi lasciavo turbare, non ci restavo male, non mi offendevo mai. In fondo mi faceva ridere. O meglio: mi avrebbe fatto davvero ridere se non fosse stata la madre di Mathias. Lui, quando lei era presente, aveva lo sguardo degli animali quando sentono suoni che gli umani non avvertono. Vigile, attento, in allarme, presente e assente al tempo stesso. Sintonizzato altrove. Perso, ma composto.

Non ricordo un suo rimprovero, una critica. Eppure la sua disapprovazione era assoluta. Come faceva, mia suocera, a essere sempre così dura senza mai smettere di sorridere? E in ogni caso: perché era così dura? Con le bambine snocciolava una sequenza di ordini mascherati da premure. Anticipava i loro desideri per deviarli. Suggeriva qualcosa per ottenere il suo contrario, consapevolmente. Era micidiale. Ci riusciva.

Non saprei fare degli esempi, davvero. Nessuno rende l'idea. Sciocchezze. Quando arrivava e io avevo una delle bambine in braccio, l'altra a terra, lei mi toglieva sempre dalle braccia quella che tenevo in collo. Non prendeva quella seduta sul tappeto. Veniva diretta da me e mi toglieva la bambina dalle braccia. Poi la posava a terra e prendeva l'altra, solo dopo.

Quando aveva troppo cibo nel frigo, per esempio troppe uova – si lamentava spesso che il contadino le regalasse troppe uova –, mi diceva: dai, portane un po' a casa così prepari una torta per Alessia e Livia. Teneva per sé le uova fresche, mi dava quelle del supermercato con la data stampata sopra. In scadenza, mai già scadute.

Quando portava vestiti per le bambine li confezionava in scatole bellissime e diceva: ve li mandano le mie amiche. Erano magliette usate, sciupate e consumate. Non so dove le trovasse. Non credo proprio che gliele regalassero le amiche. Le scatole, stupende.

Una volta a pranzo, a tavola, ha fatto un discorso interminabile per dire che il vero problema delle scuole svizzere, lo sfacelo didattico, era che i bambini in cortile parlavano in italiano. Die Kinder sprechen Italienisch. A me lo diceva, in tedesco.

Niente, sciocchezze.

19.

Gentile signora maestra

Gentile signora maestra,

ho chiamato la segreteria della scuola per avere i lavori di Alessia e Livia – i loro temi, i compiti in classe, i quaderni e i disegni – ma mi hanno spiegato che si tratta di documenti di proprietà dell'istituto e che si possono ottenere in copia solo in casi di effettiva comprovata necessità seguendo una particolare procedura. Quando ho chiesto cosa fosse la "effettiva comprovata necessità" non hanno saputo fare esempi concreti. Immagino il trasferimento in una scuola di un altro stato che richieda i loro materiali come condizione per l'iscrizione, ha infine ipotizzato la segretaria, sfinita dalla mia insistenza. Ho immaginato per un attimo di farlo. Di iscrivere Alessia e Livia in una scuola francese, o italiana. Ho percorso rapidamente, mentalmente, gli ostacoli che avrei dovuto superare. Non me la sono sentita. Comportarmi come se loro e io, noi tre, avessimo davvero davanti un nuovo anno scolastico sarebbe stata una trappola micidiale, alla fine. In qualche momento avrei finito per crederci. Perché vede, signora maestra: Alessia e Livia non torneranno a scuola a settembre. Non si iscriveranno in seconda elementare. Dunque è con questa realtà che dobbiamo lavorare: starci dentro, non dimenticare ma non impazzire nel ricordo, non rivivere eternamente il tempo passato, provare a immaginarne uno futuro. Questioni così, mi sono chiesta, potrebbero configurarsi come "effettiva comprovata necessità"? Non credo che ci sia una casistica a cui fare riferimento. Capisco che in assenza di precedenti non sia facile prendere per primi una decisione. Sono consapevole di creare una difficoltà alla struttura scolastica e me ne scuso. Tuttavia la mia "effettiva necessità", adesso, è quella di restare in vita. Ho almeno una buona ragione: fino a che io sono viva Alessia e Livia sono vive con me. Per farlo – per restare giorno dopo giorno in vita – ho bisogno di custodire le loro cose intatte. Così come le hanno lasciate, tutte. I vestiti e i giochi, le scarpe – non so spiegarle perché, ma soprattutto dalle loro scarpe è impossibile separarsi. Nessuno può camminare scalzo, qui in Svizzera, non le pare? Le scarpe sono fondamentali. Poi mi servono i loro disegni e le loro parole scritte, i loro pensieri. Devo ripassarli, riordinarli. Ripetermeli di tanto in tanto. Rivederli. Ecco, solo questo. Spero di riuscire in uno sforzo di sintesi a trascrivere sulla richiesta, in una riga, in cosa consista questa "effettiva comprovata necessità". Intanto volevo illustrargliela.

Difatti è a lei che devo rivolgermi, mi hanno detto quando finalmente sono riuscita ad avere conto della "particolare procedura". Prima di tutto ci vuole il nulla osta dell'insegnante. Il suo nulla osta, signora maestra. Bisogna che lei ritenga che non ci sono ostacoli. Che lei non ne crei, immagino anche.

È per questo che dopo tanto silenzio mi sono risolta a scriverle. Dipende da lei la possibilità che io torni ad avere fra le mani i temi di Alessia e Livia: in specie penso a quello intitolato "Chi sono io" che leggemmo insieme a casa quando lo portarono per farmi vedere il voto e che mi fece piangere di allegria. I loro disegni, ci devono essere anche quelli in cui si erano dipinte con le trecce – una si era disegnata col viso in un cerchio l'altra in un triangolo, un modo sensazionale di descriversi perfettamente diverse –, e quello della casa blu, e poi quello della famiglia che fa il picnic sul lago. Poi i problemi di matematica, certo, le somme in particolare mi ricordo, con le decine e le unità scritte con colori diversi. Avevamo comprato le matite il giorno prima perché Livia diceva che lei, maestra, le voleva con la punta più grande: le nostre matite nell'astuccio erano troppo magre. È un materiale che sento di dover conservare, custodire.

Non le nascondo che raccontarle tutto questo mi mette a disagio, e voglio essere onesta con lei: non ho compreso, in questi mesi, il suo silenzio. L'ho anche patito, sebbene non fosse la prima delle mie fonti di dolore. È successo però che quando tornavo col pensiero alla scuola, e dunque alle bambine a scuola, e alla loro maestra – a lei –, mi sia chiesta le ragioni della sua assenza. Avrà senz'altro avuto moltissimi problemi con la classe, li immagino, avrà dovuto assistere lo sgomento dei compagni delle bambine e spiegare loro cosa fosse accaduto: avrà dovuto cercare e trovare le parole adatte. Poi forse avrà pensato che non fosse il momento. Dopo ancora sarà subentrata la discrezione. Il rispetto.

Ho ricordato la mia maestra: era italiana, anche lei era molto discreta. La mia "signora maestra", Francesca. Ricordo il suo profumo, spezie orientali. Alta, elegante. Avrei voluto somigliarle. Parlava piano, dolcemente. Sono passati tanti anni e la ricordo come se la vedessi adesso, proprio come se la sentissi. Anche Alessia e Livia devono averla amata, signora: devono aver ascoltato a bocca aperta le sue spiegazioni, le sue letture, i suoi consigli su come si impara un verso a memoria. La memoria dei bambini, che spettacolo. La penso in tutto quel tempo in cui io non ero con loro e c'era lei, invece, tutto quel tempo di vita che lei custodisce: fatto di sorprese, di nomi e concetti sconosciuti, di mondi che si svelano e per la prima volta si rivelano. Un poco la invidio. Che mestiere meraviglioso, che compito supremo il suo.

Ebbene, signora maestra. Quali che siano i motivi per cui lei non ha voluto o potuto farsi presente con me in questi mesi, sappia che non ci sarà mai bisogno di parlarne, di chiedere o dare spiegazioni. Mi auguro soltanto che non abbia inteso così manifestarmi la sua disapprovazione: solo di questo non saprei darmi ragione. Sono stati in tanti a scomparire, in tanti in segreto a censurare, giudicare, a emettere verdetti di condanna. È facile affacciarsi nelle vite degli altri, decretare in un quarto d'ora una colpa, rientrare dentro casa e sentirsi al sicuro nel giusto, poi riprendere sonno. Chiunque può farlo, qualche volta deve: un giudice, un arbitro, un testimone. Una maestra, credo, è fatta di una materia diversa. La mia maestra era diversa. Diceva sempre: avete tutti ragione, ma adesso forse è meglio se proviamo a fare così. Hanno tutti sempre le loro ragioni. Adesso forse è meglio se proviamo a cercare una strada. Non so come sia, oggi, "fare così". Le chiedo solo, signora, di tenere aperta la sua porta. Dentro la procedura, magari, c'è un varco che conduce alla risposta.

Sappia che molto, e sempre, di tutto il tempo che ha dedicato alle mie figlie la ringrazio.

I.

20.

Elenco. Memoria

Cosa non devo dimenticare

1. La notte, da piccola, nel letto della casa di Castagneto e Vittorio nel letto accanto. Il mio posto nel mondo, quello che pensavo che fosse. Il freddo delle lenzuola umide, il caldo della brace: insieme.

2. Che il tempo non esiste. Siamo tutti al mondo allo stesso momento, nel passato nel presente e nel futuro.

3. Che è inutile spiegare questa cosa. Qualcuno la sa, qualcun altro non può ed è inutile.

4. Le regole della salute: dormire almeno sei ore, avere rispetto del corpo, curarlo. Dedicare dieci minuti al giorno ad ascoltarlo e capire cosa chiede. Fare esercizio, camminare. Non usare farmaci se non è assolutamente necessario. Se non è. Assolutamente. Necessario.

5. Chiamare la nonna. Scriverle qualche riga ogni giorno e inviarle una lettera ogni settimana.

6. Il potere della musica. Lhasa de Sela, la sua voce.

7. Il potere della lettura. Un libro, ovunque con me, sempre.

8. Il potere delle favole. Non abbandonare il progetto di tradurre le fiabe raccolte nel mondo. Non rinunciare. Insistere anche quando sembra così faticoso. Doloroso.

9. Todo cuadra. Questa formula, tutto è al suo posto. Ma non si può tanto tradurre. Tutto è proprio come deve essere. Non c'è da ostinarsi a spostare i pezzi. Bisogna solo osservarli muovere, vedere dove vanno. Questo siamo: spettatori attivi nel teatro dell'universo. È uno spettacolo, realmente, la vita. Todo cuadra.

10. L'amore è fragile. È una cosa talmente magica che bisogna starci molto attenti. A come si dicono le cose. Svanisce, altrimenti: va via. Deve rimanere nel bello. Vive di sorrisi. Handle with care, con cura. Controllare le proprie ossessioni, non fare scenate di gelosia inutili. Non metterlo alla prova, soprattutto. Mai.

11. Parole tranello. Capriccio. Colpa. Regola. Pericolo. Non giocare con queste parole. Quando sembra che gli altri conoscano le regole del gioco e tu no. Quando vogliono farti pensare che sei inadeguata, e alla fine davvero lo pensi. Quando vogliono farti dire che sei stata una bambina viziata, che hai giocato col fuoco. Che la colpa è tua. La colpa. È tua. Che non sei stata prudente, non hai visto il pericolo. Egoista, cieca. Bisognava sopportare. Non giocare con queste parole. Non toccarle. Sono trappole mortali.

12. Quando sono scesa da Barnes&Noble, in libreria, a cercare una guida di New York. 11 settembre 2001. Gli sguardi delle persone attorno a me che si affacciavano per

strada a vedere il fumo e dicevano un incendio, forse. La storia non la capisci mai mentre accade. È raro. Anche Vera, la mamma di David, mi diceva di quando furono portati nei campi: non lo capisci subito, è raro. La storia grande è uno spostamento piccolo nella tua vita. È la storia piccola della tua vita a essere grande.

21.

Papà

È nato a Castagneto, in provincia di Ascoli. Primo di quattro fratelli. Suo padre, Giuseppe, era podestà della zona. Sua madre Mayme, mia nonna, è morta due settimane prima che io nascessi. Porto il suo nome come mio secondo. Mia nonna era figlia di un'americana: nata a Kenosha, la città di Orson Welles, Wisconsin. Fu portata via in Italia da suo padre in cambio di un sacco di soldi. Con quei soldi, con i soldi che prese per andarsene con la bambina e lasciare la donna che aveva amato, il mio bisnonno comprò le terre in Italia. Una specie di peccato originale, una grande sofferenza – una madre a cui viene strappata la figlia – all'origine di una fortuna.

Nelle generazioni successive tutti abbiamo dato qualcosa indietro, finito in quel pozzo. Papà aveva tre moto, la sua passione. A ventiquattro anni, in un incidente perse una gamba. Pietro, si chiama Pietro. Non lo ferma niente. La forza che ho me l'ha trasmessa lui. Ha studiato da ingegnere, è diventato agronomo. Negli anni sessanta è andato a lavorare a Bruxelles. Lì ha conosciuto mia madre Astrid, segretaria di un suo collega. Italiano, senza una gamba: il mio nonno tedesco era – si capisce – molto contrario al matrimonio. Si sono sposati lo stesso. Dopo poco sono nata io, Irina Mayme. Mi hanno chiamata Irina perché suonava italiano in Germania e nordico in Italia, russo certo, non tedesco, ma nordico. Poi è nato mio fratello Vittorio. Con lui mio padre era molto diverso. Lo lasciava fare. Con me era autoritario, spesso collerico. Mi controllava, mi teneva chiusa come dentro una pentola. Se non gli piaceva come ero vestita mi mandava a cambiarmi. Quando parlavo avevo sempre l'impressione che non desse peso a quello che dicevo. Nelle liti mi diceva: tu devi solo stare zitta. Diceva che lo provocavo. Era preda dell'ira, e non c'era modo di negoziare. Mia madre non riusciva a evitarlo, sopportava. Quando potevo scappavo da mia nonna. Mi ricordo una volta. Avrò avuto dodici anni. La mia radio si era rotta, mio fratello ne aveva due. Gli chiesi una delle sue e mi disse no. La presi lo stesso. Lui andò a protestare da mio padre. Papà entrò in camera mia: restituisci la radio a tuo fratello. Risposi no e mi dette una sberla. Restituiscigliela. No. Un'altra sberla. Tante volte, non so quante: tante. Come un film inceppato. Alla fine gliel'ho restituita.

Non ho mai capito perché, ma sembrava sempre arrabbiato.

Volevo studiare storia dell'arte. Lui mi disse: vuoi essere autonoma nella vita? Facciamo un patto. Io ti pago gli studi e tu studi legge. Aveva ragione. Era stato lui a decidere di iscrivermi alla sezione italiana della scuola internazionale, a Bruxelles. Voleva che fossi prima di tutto italiana. Appena ho compiuto diciotto anni mia madre mi ha presa da parte e mi ha detto: devi andare via. Sono andata via, infatti.

Era davvero duro con me, sì, ma era un uomo buono. Di questo sono sicura: mi amava molto. Quando Mathias ha portato via le bambine e poi si è ucciso, papà è venuto da me, un giorno, nella mia stanza, mi ha presa per la maglia scuotendomi all'altezza delle spalle. Mi ha detto: tu non morire, non permetterti di farti e di farmi una cosa così. Tu non devi morire, lui voleva ucciderti ma tu non lo farai, non morirai.

È stato in quel momento, proprio in quello – guardandomi negli occhi di mio padre –, che ho capito che no, non sarei morta. Non potevo fargli quello, aveva ragione, non potevo farlo a me. Alle mie figlie. Ha sempre avuto ragione.

A volte penso che l'abitudine alla violenza come forma ordinaria di convivenza – come modalità dei legami d'amore – non mi abbia aiutata, da adulta, a riconoscere il pericolo. Ma dire questo di mio padre mi costa uno sforzo enorme, non so se ci riesco. Mi costa persino più che raccontare delle mie bambine. Penso che questa sia davvero la cosa più difficile. Non credo che riuscirò mai a dirglielo. Perché mio padre mi ama enormemente, di questo sono certa. È una persona meravigliosa, gli devo così tanto di quello che sono. Non riesco a rimproverarlo di niente, no. È stato duro, ma ha fatto bene. Aveva ragione. Mi amava. Mi ama.

22.

Un sogno

Sogno sempre acqua, pesci, balene. Soprattutto balene.

Una volta però ho fatto un sogno così vivo che mi sembrava vero, e la mattina l'ho scritto. Era sicuramente successo, da qualche parte.

Mi trovavo in collina, appena dopo il tramonto. Era una collina brulla, non c'erano alberi ma solo cespugli, moltissimi cespugli. Il cielo era arancio. Dovevo scappare da qualcosa, non so cosa, e avevo in braccio due neonati. Pesavano molto, non riuscivo a correre con tutti e due in braccio. Allora pensavo: ne nascondo uno dietro a un cespuglio e porto in salvo l'altro, poi torno. Però quando tornavo non trovavo quello che avevo lasciato. Cercavo disperatamente finché non lo trovavo. Allora lo prendevo, e tornavo dove avevo lasciato il primo. Ma non lo trovavo più dove lo avevo lasciato, dietro un altro cespuglio, a valle. Così col secondo in braccio mi mettevo a cercare il primo, ma era pesante e dovevo lasciarlo. Finalmente trovavo il primo, grande sollievo, felicità, ma subito panico per aver lasciato il secondo. Tornavo a cercarlo, lasciando l'altro. Non lo trovavo. Ne perdevo sempre uno. Non so quante volte. Sempre, continuamente.

Ho pensato, mentre scrivevo il sogno per fare pace con lui, che quando ho saputo di essere incinta di due bambini facevo molta fatica a immaginarli insieme, a parlarci insieme. Quando si parla, si parla sempre a una persona alla volta. A parte i comizi, certo, ma lì si è di fronte a una moltitudine di sconosciuti. Quando ci si rivolge a chi si ama, intendo, è sempre uno. È difficilissimo immaginare di dire ti amo a due. Insieme. Facevo molta fatica, quando ero incinta, a dire a due persone insieme: vi amo. È strano. È difficile. È davvero insolito. Rivolgersi a due, a volte, è troppo. Non ti senti capace. Non ti senti all'altezza. Non sai a chi chiedere aiuto.

23.

Io di te. Confine

Le cerchi da anni. Io devo avere la certezza di aver fatto tutto il possibile, dici. Non posso lasciare aperta la porta a nessun dubbio. Hai fondato un'associazione, in Svizzera. Una fondazione che in loro nome si occupa di bambini scomparsi. Non ti sei fermata mai. Temi che siano morte, in fondo lo pensi, a volte lo dici. Non hai i loro corpi, però. Il lutto in assenza del corpo è un'emorragia misteriosa e inarrestabile: hai sempre nuova linfa da perdere, si rigenera, non arriva mai il giorno in cui si estingue. Ho visto madri cercare i loro figli trent'anni, in Argentina. Ho anche visto nonne ritrovare i nipoti scomparsi dopo quaranta, ed è uno spettacolo che non si può raccontare. Gli occhi, soprattutto. La pelle del viso che si distende come fosse nuova, e gli occhi che brillano dentro.

Io devo passare il confine dall'ombra alla luce, dici distratta mentre lavi un bicchiere.

24.

Io di te. Dettagli

Vuoi parlare di te. Di come sei adesso. Vuoi dire, con gli occhi sgranati di sorpresa, che può succedere, ti è successo quello che non avresti mai pensato possibile. L'amore è tornato, non se n'era andato mai: era nascosto in un angolo, si era accovacciato con le mani sulla testa pieno di paura, ma era lì. Te lo rimproverano. Dovresti portare il lutto in eterno, dicono senza dire: che vergogna dimenticare le proprie figlie. Ma tu inclini la testa e sorridi con i denti piccoli: non sanno di cosa parlano, dici. Dimenticare è impossibile, ma vivere si deve perché la natura ha deciso così: il dolore da solo non uccide. L'assenza di un amore si ripara con altro amore. Parli, parli. Racconti i mutamenti. Ricordi. Ti domandi. Come sia stato possibile per una donna come te – un avvocato di grande successo, dirigente di una multinazionale, una donna colta e cosmopolita, una persona ricca di esperienza di vita –, come sia stato possibile, ecco, non riconoscere il pericolo nell'uomo che ti viveva accanto. Su questo ci fermiamo tanto, ci domandiamo a vicenda. C'era violenza? No, non fisica almeno. C'era durezza, a volte. Ma di carattere. Una certa freddezza. Un uomo preciso, previdente, rigoroso, prudente. Affidabile, per questo: un grande organizzatore, un uomo che sapeva pensare a tutto, una sicurezza. Attentissimo alle figlie, le sue figlie: presente, costante. Non c'erano segnali? No, non ce n'erano. O forse c'erano, certo che c'erano, ma non li ho riconosciuti. Era un uomo con una personalità psicorigida, hanno detto poi gli esperti. Sai cos'è uno psicorigido? Come si comporta? Appaia i calzini prima di metterli in lavatrice, ordina i piatti in fila decrescente nella lavastoviglie, è maniaco dell'ordine secondo un suo ordine, dispone gli oggetti sul tavolo sempre allo stesso modo, pianifica le giornate prendendo appunti su un quaderno, vive la raccolta differenziata dei rifiuti come un rito. Ridi, Irina. È pieno il mondo di uomini così. Uomini che non ammettono imprevisti, che regolano gli eventi come vigili urbani della vita. Era un ingegnere, Mathias. Un ingegnere svizzero tedesco, ridi ancora. Brillante, velista, amato dagli amici. Un manipolatore, certo. Uno che riesce a portare tutti dalla sua. Ci è riuscito anche con me. Un giocatore di scacchi che ti offre un bicchiere di vino e ti racconta una storiella divertente mentre ti mette all'angolo, e ti sembra di non essere in un angolo però, ti sembra di essere proprio dove devi e vuoi stare. Mi capisci? Parli, parli. Dici che qualche dettaglio un po' sinistro c'era, ma erano dettagli appunto, e non è che tutti gli psicorigidi si portino via i figli. E comunque bisogna stare attente, sì, ecco, bisogna stare attente a non considerare normale ogni giorno qualche piccola vessazione nuova, qualche minuscola regola incomprensibile ma in fondo tollerabile, bisogna stare attente a non arretrare senza accorgersene fino a trovarsi in un posto che non è più il tuo posto ma è troppo tardi, allora. Perché questo è quello che è successo a me, dici. Mi sono accorta che non ero più io, ma c'erano le bambine ed era troppo tardi.

Ho pensato: pazienza, passerà.

25.

Per Monsieur M.

Per Monsieur M.
Procuratore capo e responsabile della polizia investigativa del distretto di L.

Distinto Monsieur M.,

mi scuso innanzitutto se mi rivolgo a Lei per lettera ma mi è stato impossibile, nei molti mesi sin qui trascorsi, ottenere un nuovo appuntamento dopo quel nostro lontano primo incontro. Se avessi saputo che coincideva con l'ultimo avrei fatto di meglio. Avrei cercato, intendo, di essere – per quanto "emotivamente coinvolta", come Lei mi fece notare – più precisa, nitida e pertinente nelle richieste. È quel che proverò a fare, adesso, per iscritto.

Ero in effetti allora emotivamente coinvolta, non posso negare di esserlo ancora. Mi rendo tuttavia conto di come l'ufficio di polizia investigativa del Suo cantone abbia senz'altro una grande quantità di indagini a cui far fronte, episodi criminali al cospetto dei quali la sparizione ormai remota di due bambine di sei anni possa essere archiviata. È questo che mi ha indotta a scriverLe: la breve nota con la quale il Suo ufficio mi informa che a fronte dell'esito negativo delle indagini il caso sarà archiviato. Occorre, mi si dice, la mia controfirma per perfezionare l'atto. D'altra parte l'archiviazione è necessaria per procedere a "successivi adempimenti", conclude la telegrafica missiva. Il principale dei quali adempimenti, non ne individuo altri, è la dichiarazione di morte presunta indispensabile per avviare la successione testamentaria in favore dei familiari del padre delle bambine, in assenza di eredi discendenti.

Lei comprenderà, egregio Monsieur M., la mia difficoltà a controfirmare. Non per l'eredità, naturalmente: è inutile che chiarisca che non mi riguarderebbe in ogni caso. Lei lo sa bene – è tutto negli atti –, mi costa persino mettere nero su bianco una simile specifica. È per la morte presunta. La prego di considerare, per quanto la funzione che Lei svolge Le imponga una necessaria e doverosa distanza dagli stati d'animo delle persone con le quali entra in contatto, che è per me davvero impossibile sottoscrivere una simile presa d'atto senza avere la certezza di aver percorso ogni sentiero verso la verità dei fatti. Io non so, noi non sappiamo, come siano andate le cose. Le indagini hanno lasciato a mio parere aperte alcune importanti questioni che vorrei, col massimo rispetto, sottoporLe. Sarò sintetica, procederò per punti.

- L'intenzione omicida. In quel nostro unico incontro Lei mi sembrò rintracciare nella mia ultima mail a Mathias, il padre delle bambine, la causa scatenante della sua "disperazione" – così la definì –, lasciando intendere che un uomo in quello stato di prostrazione avrebbe potuto compiere un gesto estremo. Lei si rende conto, signora, di quello che ha scritto, mi disse. Le allego quella mail, è del 26 gennaio 2011, desidero risparmiarLe il fastidio di cercarla negli atti. La prego di rileggerla. È uno scambio di informazioni nel quale troverà persino accenti di affetto, di condivisione. Del resto la separazione non era stata in niente traumatica, mai c'era stata tra noi una controversia. Le ricordo che nel periodo immediatamente precedente alla scomparsa le bambine erano state in vacanza per Natale ben tre settimane ai Caraibi col padre. Tre settimane erano un periodo ben più lungo dei tempi pattuiti negli accordi. Considerammo insieme, con il mio ex marito, che quel viaggio avrebbe fatto piacere ad Alessia e Livia: insieme stabilimmo che fosse la decisione giusta. Al loro rientro riprendemmo l'ordinaria routine, senza screzi. Niente, fino alla domenica della scomparsa, poteva far pensare che Mathias avesse intenzioni diverse da quelle di un buon padre.

• Le psicologhe. È questo un punto – l'intenzione omicida, il reale stato d'animo di Mathias – sul quale si potevano forse sentire le persone competenti, per eventuale conferma. La psicologa che lo seguiva da tempo, per esempio, e che lo aveva visto il giovedì: solo tre giorni prima della scomparsa. Non è stata mai ascoltata, con l'argomento che vive e lavora in un cantone diverso dal nostro: problemi di procedure burocratiche. Serviva, ho saputo, una sorta di rogatoria fra cantoni. È stata ritenuta superflua. La terapeuta di coppia dalla quale a lungo eravamo andati insieme, alla vigilia della separazione, è stata invece chiamata per telefono dal Suo ufficio. Ha risposto di non poter dare informazioni se non di persona, ha pregato di andare a parlarle. Nessuno è andato. Se avessero avuto qualcosa di importante da dirci ci avrebbero chiamati, mi ha risposto uno dei Suoi collaboratori. Non abbiamo, dunque, alcuna informazione sulle effettive condizioni di salute psicofisica di Mathias.

• Le scarpe. Detto quindi che niente ci induce a ritenere che il mio ex marito avesse intenzioni omicide occorre, credo, produrre prove. I nostri vicini di casa hanno detto di avergli visto ai piedi, quando è andato da loro quel giorno all'ora di pranzo a prendere le bambine, scarpe da trekking sporche di fango. Forse era andato, la mattina, in un luogo di campagna o boschivo. Dove? Perché? Ho ritrovato quelle scarpe in casa, le ho portate al Suo ufficio perché facessero delle indagini sulla terra rimasta nelle suole. Mi hanno risposto che la terra è uguale dappertutto. I campioni non sono stati esaminati.

• La casa. Non è mai stata messa sotto sequestro. Mi domando se non ci fossero oggetti, impronte, tracce che potessero far dedurre i progetti di Mathias. Decine di persone, per settimane, sono entrate e uscite liberamente. Mi chiedo se in casa non ci fossero, se non ci siano ancora, elementi utili all'inchiesta.

• La scheda telefonica. Ho dovuto garantire l'eventuale pagamento di novecento franchi per chiedere di tracciare le telefonate e individuare la posizione di Mathias, la domenica della scomparsa. Non conosco l'elenco delle sue telefonate in entrata e in uscita. Con chi ha parlato? Per quante volte? Per quanto tempo? Mi pare rilevante.

• I familiari. Nei cinque giorni fra la sua scomparsa e la sua morte, come Lei sa, nessuno dei familiari di Mathias è venuto a Saint-Simon per partecipare alle ricerche né è stato coinvolto in alcun modo. Non abbiamo notizia delle loro attività in quei giorni, né nei successivi. Sarebbe importante averne, credo.

• L'allarme rapimento. La polizia svizzera non ha mai allertato i colleghi omologhi francesi e italiani con un allarme rapimento. L'auto ha percorso decine di migliaia di chilometri senza che ci fosse una ragione per fermarla lungo il tragitto. La macchina era intestata a me: forse sarebbe stata sufficiente una semplice segnalazione di furto per attivare un controllo.

• Gli avvistamenti. Una testimone giudicata attendibile ha detto di aver visto le bambine la domenica della scomparsa, insieme al padre, nei pressi dell'aeroporto di Lione. Mi chiedo e Le chiedo se siano state fatte indagini sui documenti aeroportuali di quello scalo, cosa che a me non risulta, per verificare se ci siano state partenze di minori non accompagnati, e in questo caso autorizzate da chi, e verso quale destinazione.

• I borsoni da vela. Come ho denunciato ai Suoi agenti, dall'armadio di casa sono scomparsi due borsoni da vela. Mathias era un buon velista, aveva una barca ormeggiata al lago. Teneva le sue cose in quei borsoni. Ho trovato gli oggetti, nell'armadio, ma non le sacche. Lei ha idea della forma e delle dimensioni di una sacca da vela? Un grande cono di stoffa, lungo più di un metro, che si chiude con una corda da un lato. Ecco. Due. Li ha svuotati e li ha portati via.

Ci sono molte altre questioni sulle quali mi sono arrovellata in questi mesi, egregio Monsieur M., ma non voglio importunarLa con supposizioni. Solo, osservo che l'argomento a me opposto dal Suo ufficio a ogni mia ulteriore istanza – "suo marito era svizzero tedesco, non brasiliano, perciò persona responsabile", "suo marito era il padre delle bambine, avrà avuto a cuore la loro sorte" – continua a non sembrarmi sufficiente a chiudere il caso. Non dal mio punto di vista, che spero voglia apparirLe rilevante. Non controfirmerò dunque la richiesta di archiviazione. Sono al contrario qui a chiederLe, oggi, di voler concedere all'inchiesta un ulteriore approfondimento, se possibile in collaborazione con gli uffici omologhi dei paesi interessati. Per quanto tardive, nuove indagini potrebbero dare esito. Di qualunque tipo esso sia: potrebbero darci certezze che sin qui non abbiamo avuto.

Confido nella Sua collaborazione, nella Sua comprensione, e Le porgo i miei saluti.

Con i migliori auspici.

I.L.

26.

Tempo

Alla fine di quello stesso anno sono partita. Dieci mesi dopo. Dieci mesi di droghe: sonniferi calmanti antidepressivi sedativi. Un tempo senza giorno e senza notte, tempo di ovatta.

Andare via. Andare via da sola. Andare lontanissimo, verso l'acqua. Non portare niente, una borsa con un libro un taccuino un paio di scarpe. Non avere bisogno di nulla. Chiedere ospitalità, nei villaggi, come una viandante. Camminare, camminare. L'Asia. Per quanto tempo non so. L'Indonesia, nell'Asia. Un punto sulla carta, il ricordo di un viaggio remoto degli anni di prima. Yogyakarta, Giava. Un'isola, poco lontano. Sulawesi. Quattro braccia di terra nel mare.

Non avevo mai messo la testa sott'acqua. Non così, intendo: a fondo, in immersione. Però lì nel villaggio c'era un cartello e il cartello offriva una guida. Sei mai stata sott'acqua? Io pensavo fosse buio ma non è mai buio. I pesci nuotano per famiglie, organizzati per colore, per razza. Il fondo è come un paesaggio montano, una geografia segreta. Riesco a dire solo il senso di pace. Come se la natura fosse molto più giusta. C'è silenzio. Stai sospeso: come se volassi, ma sostenuto dall'acqua. Ti alzi e scendi col respiro. L'aria si espande, e sali. Un po' di vertigine, a volte. Nel silenzio, a tratti una specie di musica, una melodia soffocata e remota. Blu, colori. Nessun confine. Il plancton, di notte. Quando ti muovi tutto brilla. Un'armonia immensa, perfetta. Una grande libertà. Sei inerme, indifesa. Non sei nulla, eppure finalmente ti senti. Te stessa, tutta intera, leggera e densa. Le vicende umane sembrano all'improvviso tutte contenute in un altro disegno. Coerente, misterioso.

La vita è molto semplice. Per essere felici non ci vuole tanto. Per essere felici non ci vuole quasi niente. Niente, comunque, che non sia già dentro di noi.

L'acqua mi ha curata. Ci sono entrata un giorno e ne sono uscita non so quanto tempo dopo. Non avevo più memoria dei fatti piccoli, erano scomparsi i dettagli. Quando, a che ora, che giorno, chi. Niente. Nessun prima, nessun dopo. Era rimasto solo un ricordo, nitido e luminoso, di quel che avevo amato e che amo: tutto nel presente, tutto qui adesso. È il tempo la nostra prigione. Il troppo presto, il troppo tardi, il troppo breve e troppo poco.

In quel tempo senza tempo ho incontrato Luis.

27.

Luis

Luis ha le mani lunghe, quasi da non credere che siano le sue. Devono essere le mani di un antenato, ho pensato la prima volta che le ho viste uscire dalle tasche. Un trisnonno greco, forse. Armeno. Anche andaluso, sì, ma io che ne sapevo delle mani degli andalusi. Ho pensato: greche.

Luis non puoi dire quanti anni ha. A volte, quando gli pulsano le vene nelle tempie, sembra vecchissimo e vorresti che ti prendesse sulle ginocchia e ti spiegasse la vita com'è. Altre volte, quando ride con i denti bianchi, vorresti prenderlo in braccio e dirgli: vieni, bambino, non aver paura. Ti tengo, vieni.

Luis non ha paura del dolore. Né del suo né di quello degli altri. Lo conosce benissimo: lo accoglie con molto amore, come un amico. Lo tratta con confidenza e con rispetto. Gli dà sempre del tu, ma con la lettera maiuscola.

Non ha nessun imbarazzo per gli umori del corpo. Questo è sorprendente, in un uomo. Il sangue le lacrime il sudore l'urina le feci. Se si sporca pulisce, se si taglia guarisce. Piange con frequenza, suda con facilità. Tutto ciò che ha conosciuto nell'istante in cui è venuto al mondo è nel suo mondo, naturalmente, sempre.

Luis in effetti non è proprio un uomo. Non solo un uomo, intendo. C'è una donna nascosta dentro di lui.

Non dice mai di no. Dice, tutt'al più: è possibile. È il suo modo per indicare una difficoltà. Non è facile. Non è detto. Non era previsto. È davvero complicato. Dunque: è possibile.

La prima cosa che mi ha regalato sono state le chiavi di casa sua. Non ci conoscevamo quasi. Al mazzo aveva attaccato un portachiavi a forma di balena. Una volta, molti mesi prima, in un breve inciso di una mail gli avevo raccontato di sognare spesso le balene. Ma in un inciso, proprio. Tre parole.

Ha una memoria prodigiosa. Ricorda tutto. Una melodia sentita una volta, una conversazione al tavolo vicino, pagine di libri, aneddoti remoti. Nomi di persone incontrate di sfuggita. Sguardi, intenzioni, sequenze, colori degli abiti, pensieri non espressi, non finiti di pensare. È come se non avesse fondo, la sua memoria. Come se contenesse già da prima ogni cosa e la dovesse solo ritrovare. Si immerge, la prende, torna. È un pescatore di coralli.

Mi distrae, mi porta fuori, mi fa ridere moltissimo. Mi fa anche piangere. Mi lascia piangere quando arriva il pianto: sta lì in silenzio, fermo, tranquillo. Poi passa, mi prende la mano e mi dice: ora andiamo.

Quando gli ho detto, quel giorno: ma come, nel bagno della tua casa non c'è il bidet?, me ne sono pentita all'istante. Che cosa stupida da dire: si vede che non c'è. Ho chiesto scusa, ho sorriso. La settimana dopo ne ha montato uno. Mi ha detto: certo, l'ho messo da solo. Io non ci credo, ma non sono sicura. Potrebbe averlo fatto da solo, in effetti. Non ha nessuna importanza, lo so, ma ci penso spesso. Potrebbe aver preso un piccone, aver saldato i tubi. Chissà.

Luis corre, va in bicicletta, cammina nei boschi, nuota per ore. Ha il fiato di un animale selvatico. In ogni caso fuma, e beve vino rosso.

La volta che l'ho visto arrabbiato con suo figlio, veramente furioso, non gli ha detto: sei un cretino. Gli ha detto: estas muy equivocado. Ti stai sbagliando molto. Non "sei tu l'errore" ma "c'è un errore in quello che fai". È diverso.

Ha un talento pazzesco nel suo lavoro, ma non lo sa. Non del tutto. Capisce di riuscire bene, di avere un dono. Fa vivere quello che disegna, questo lo vede. Ma se gli dici è l'anima delle cose quello che tu possiedi, la vita più in là della vita, allora si stringe nelle spalle e dice smettila, dai.

A volte sparisce, poi torna. Non ti mette mai alla prova, non sei mai sotto esame. Di conseguenza: non lo metti mai alla prova. Non serve. È quel che è, c'è sempre. Anche quando manca.

Sono stata innamorata molte volte nella vita. Ho conosciuto il desiderio la passione il bisogno la tenerezza la compassione la condivisione la fratellanza la consonanza, la gelosia e lo struggimento, la disperazione e la gioia tranquilla dei giorni. Ho pensato di aver amato molto e che non avrei amato più. Mi sbagliavo.

L'amore, cosa sia, mi pare di capirlo solo adesso.

28.

Livia, Alessia

No. Non ho nessuna foto con me. No, non ne ho una nel portafogli. Non ho nessun bisogno di vederle ritratte immobili in un istante del passato. Le vedo vive nel presente, non devo neppure chiudere gli occhi. Le vedo e le sento. Nessuna foto assomiglia a una persona viva. Nelle foto si sta fermi. Nella realtà, anche da fermi, si respira. Le foto non respirano.

No. Più che difficile, o impossibile, mi sembra inutile provare a descriverle. Direi aggettivi pieni di senso per me e vuoti per chiunque altro. Cosa significa per te "Livia è più introversa, Alessia più morbida"? Categorie, scatole. Per me invece ogni parola è una catena di gesti, movimenti del corpo, episodi minimi, sguardi. Livia è più forte, indipendente. Alessia è più timida, sensibile. Vedi, non vuol dire niente. Semmai vorrei essere capace di spiegare la sensazione fisica che provavo ogni volta che le prendevo in braccio. In quella specie di slancio e di abbandono che ha il corpo di un bambino quando si lascia sollevare: Livia restava sempre intera, integra. Con una rigidità verticale interna, non saprei come dire. Era sempre lei. Alessia invece te la spalmavi addosso, diventava un calco del mio corpo. Diventava me. Avevano consistenze diverse. Si poteva sapere da quel modo di lasciarsi abbracciare che persone sarebbero diventate.

No. Non c'è un'immagine che torna nei ricordi. Tutti. Tutti i ricordi sono qui: non è che ritornino, non sono mai andati via. Non si sono mai mossi dall'istante in cui sono arrivati al mondo. Si muovono, certo. A volte ti sorprendono per il momento in cui si manifestano. Non te li aspetti, intendo dire. L'altra sera mentre chiudevo a chiave la porta di casa è arrivato quello di quel pomeriggio al lago. Avranno avuto tre anni, eravamo in bicicletta e Alessia non riusciva a far camminare la sua. Io stavo lì davanti alla ruota già da un po', in ginocchio. Toccavo i freni, i cavi. Cercavo il guasto. Mi è venuta accanto Livia, minuscola, in piedi era alta quanto me accovacciata. Ha detto: mamma la bicicletta di Alessia non funziona perché il suo manubrio è al contrario. Così, tutto d'un fiato. Mentre chiudevo a chiave la porta di casa, l'altra sera.

29.
A Philippe

A Philippe R.
32, rue de Savoie
Paris VI

Philippe carissimo,

le coincidenze non esistono, mi dicevi sempre ridendo quando uscivamo la sera e io ti raccontavo, al tavolino del nostro bistrot, quanto mi impressionasse questo tornare dei numeri, dei nomi, dei luoghi nel corso delle vite. Non esistono, Irina, mi dicevi: sono tutti nodi che arrivano al pettine delle nostre vite. Per qualcuno arrivano, per altri non arrivano mai. C'è chi non si pettina, inoltre, ridevi più forte e mi versavi ancora da bere.

È stata la prima immagine che ho rivisto di noi, quando ho saputo dell'attentato alla tua redazione. Prima ancora di chiamarti, prima ancora di trovare il cuore per comporre il tuo numero e aspettare la risposta – o lo squillo a vuoto, per favore fa' che non squilli a vuoto –, ho visto i tuoi denti nel sorriso, la penombra di quelle sere, le sedie di ferro sul marciapiede, le tue mani. Le coincidenze non esistono. Dai, andiamo a casa.

Dunque stai bene, per quanto tu possa dopo quel che è successo al giornale. Me le ricordo bene quelle stanze piene di carte, di disegni, di tubi di cartone poggiati negli angoli. Ci andammo, mi ci portasti, poco prima che io lasciassi Parigi. Sei stata l'ultima persona che ho visto, l'ultimo incrocio di sguardi – all'aeroporto – prima di partire per la nuova vita. A Losanna, per l'incarico tanto importante, così importante che non potevo dire di no. Ricordi? Non puoi, Irina. Devi andare. Non pensare a noi adesso, intanto vai. Ci rivedremo.

Ecco. Tu dentro la redazione, tu adesso. Tutti questi anni. Ma anche il tempo, come le coincidenze, non esiste, vero? È un'invenzione, un metro scelto fra milioni di strumenti di misura possibili. Ridevi sempre, ridevi tanto quando ti dicevo: le date dei miei trasferimenti non le dimentico, non posso. Sono arrivata a Parigi per la prima volta – che giorno era? – il giorno prima della morte di Lady D nel tunnel dell'Alma, il 30 agosto del 1997. Sono arrivata a New York – che giorno era, che mese? – il giorno prima dell'attentato alle due torri. Era il 10 settembre 2001. Sono scesa da Barnes&Noble a comprare una guida, il giorno dopo, quando fuori dalla libreria le persone hanno cominciato a guardare in alto dicendo: un incendio. Le date di nascita, ma questo lo sai. Alessia e Livia sono nate il 7 ottobre, come la nonna Mayme, quella di cui porto il nome e della cui madre rivivo la sorte. Anche quando sono nate le bambine mi hai mandato un biglietto di auguri che diceva così: *Tutto torna.* Infatti sì. Torna.

Non ti ho mai raccontato invece di Propriano. Un posto che non avevo mai sentito nominare prima di sapere, dalle indagini, che Mathias è sbarcato in questo paese della Corsica, nella prima tappa del suo viaggio: da Marsiglia si è imbarcato per Propriano. Forse Alessia e Livia erano con lui in nave, di certo aveva preso tre biglietti. Altrettanto certo è che da Propriano è ripartito per Tolone da solo. Quindi – dicevano gli investigatori –, sempre che le bambine si siano davvero imbarcate e sempre che – se imbarcate – siano anche sbarcate, allora è Propriano il luogo in cui qualcuno le ha prese per portarle via. Insomma, questo posto mai sentito prima è improvvisamente cruciale. Il centro del mondo.

Molto molto tempo dopo sono partita per l'Indonesia. Lì ho incontrato due persone, un uomo e una donna. L'uomo era Luis, sai tutto di lui. La donna una sua amica, spagnola come lui – pensavo. Invece quando ci siamo seduti a un tavolo laggiù, dall'altra parte del mondo, sotto a un vulcano, lei ha cominciato a raccontare di sé e la prima cosa che ha detto è stata questa: vengo dalla Corsica, in verità. Sono nata a Propriano. Lì per lì ho pensato di non aver capito bene. Ho chiesto: dove? Lei ha ripetuto. Di tutto il mondo, a Propriano.

Va bene, Philippe. Le coincidenze non esistono. Hai ragione tu, comme d'habitude. Esistono i desideri e le passioni che ci portano e ci legano, le rotte disegnate e invisibili sulle quali corriamo, i nodi, i pettini, i nostri capelli. I miei sono molto corti, adesso. Quasi non servono spazzole, bastano le mani per tenerli in ordine. Le mani per scriversi, per abbracciarsi. Per salutarsi quando ci si ritrova nella sala degli arrivi in aeroporto. Vengo presto a trovarti, o vieni tu. Mi manchi.

I.

30.

Io di te. Svizzera

Poi vuoi parlare della Svizzera. Mettere in guardia il mondo intero dalla Svizzera, raccontare come si sopravvive alla Svizzera, e questo è il pomeriggio che ci fa più ridere, dei nostri che abbiamo passato insieme. Dovresti scrivere un manuale di autoaiuto, dici – ti accendi di allegria e vai a prendere da bere, sciacqui i bicchieri già usati –, sarebbe la cosa più sensata da fare, sì: un prontuario per gente costretta alla Svizzera per lavoro, o per i casi della vita, così che sappiano, in specie quelli che vengono dal Sud del mondo, a cosa vanno incontro e come difendersi se li assume una ditta svizzera, o si innamorano di un Karl, di un Mathias, di una Rose. Uno non ha idea, dici.

Tu che hai viaggiato il mondo intero e ti sei persa in Svizzera. Tu che hai non so quante lauree, parli non so quante lingue, hai trattato con non so quanti squali della finanza nel mondo e ti sei dovuta arrendere a quei due poliziotti – versi un bicchiere di vino, ridi con la testa inclinata, quasi ti scusi perché ancora non ci credi. Anche quando racconti delle indagini tragiche, sconclusionate disordinate confuse tardive, anche quando dici che ti trattavano, alla polizia, con sufficienza perché eri italiana e donna per giunta, tuo marito al contrario svizzero e uomo, non smetti mai di fare il verso ai due poliziotti da film comico che ti sei trovata di fronte e sembra di vederli, uno alto uno basso, uno magro uno grasso, lì alla scri-

vania sgombra e linda. Ne imiti la voce, l'accento, gli sguardi. E quando parli della caricatura del potere, del capo della polizia del cantone che se c'è da chiedere un foglio a un altro cantone, dieci chilometri più in là, è subito rogatoria internazionale: impossibile signora, lei capisce, una spesa che non possiamo sostenere. Tu che vai a Pechino in ventiquattr'ore a prendere un foglio, se serve.

C'è un momento in cui ti rabbui. È quando racconti del testamento che hai trovato nel cassetto la domenica sera, il giorno della loro scomparsa. Non c'era, tre giorni prima. Mathias lo aveva di certo scritto e messo lì prima di partire. Ma era scritto in tedesco, naturalmente, la sua lingua. E i poliziotti accanto a te erano, sono, francesi. Ci vuole la traduzione certificata, serve una settimana per averla, signora. Pazienza se tu glielo stavi traducendo lì in piedi dentro casa all'impronta, urlavi leggete cosa c'è scritto qui: dice "se le bambine non dovessero esserci tutti i miei beni andranno alla mia famiglia", che significa "se le bambine non dovessero esserci"? Hanno sei anni, come potrebbero non esserci? Ma loro non ti ascoltavano. Signora, lei è di parte, faccia silenzio. Affideremo il documento a un interprete, non ci disturbi. Se ti avessero ascoltata, dici. Se avessero capito cosa stava succedendo come tu lo avevi capito, forse avrebbero potuto fermarlo. Cinque giorni hanno perso. Tutti.

Dici di queste indagini che non hanno indagato nulla se non la tua colpa di aver scelto di separarti da Mathias. E allora parli del maschilismo, del razzismo. Di come una donna italiana in Svizzera sia veramente sola al mondo e dunque in pericolo, quando c'è pericolo, cento volte di più che in qualsiasi altro luogo. Ma poi no, ti correggi: sei in pericolo ovunque, in realtà, quando le persone attorno non ti vedono, non ti credono. Immagino che capiti in ogni luogo, sì. Ecco, pensi: non di un manuale di autodifesa dalla Svizzera c'è bisogno, ma di un prontuario su come una donna possa farsi ascoltare, a chi debba appellarsi quando il paese in cui vive non ha gli strumenti – per qualche ragione, qualsiasi ragione – per ascoltarla. Bisogna che ci siano meccanismi automatici che si attivano quando un bambino sparisce. Procedure, priorità. È per questo che hai fondato Missing Children Switzerland, dici. Non esisteva, prima. Una come me non sapeva a chi rivolgersi per avere ascolto, per avere aiuto. Ora sì, sorridi con la testa.

31.

Bambini

Non sento nessuna necessità di avere nuovi figli. I pinguini, ho visto, quando qualcosa succede al loro uovo ne rubano un altro e covano quello. Capisco. Belli i pinguini. Pinguini, comunque.

Si ha nostalgia delle persone, non delle categorie. Di tua nonna, proprio lei, non delle nonne. Di tuo padre, non di un padre. Alessia e Livia non sono bambine: sono Alessia e Livia. Non mi mancano i figli: mi mancano loro. L'assenza è una presenza costante: ti sfida in un corpo a corpo quotidiano, ti assedia. Ti vuole nella lotta, misura il tuo respiro. La nostalgia è fisica, poi. È proprio impossibile colmare la mancanza di un corpo vivo: quell'odore, quella morbidezza della pelle, quella voce quando ti chiama. Quel tipo di resistenza docile all'abbraccio, quel modo di piegare il collo. Non c'è niente, nessuno che possa sostituire l'assenza di qualcuno. Solo il sogno. Quando tornano profumate e vive nei sogni, con i corpi e con le voci. Sono felice quando le sogno. Mi sveglio felice.

Sto benissimo con i bambini. Ora che loro non ci sono, dico. Mi piacciono moltissimo i figli degli amici, mi diverto con loro mi fanno ridere e mi innamorano. Mi fermo per strada a guardare i bambini che giocano. Mai, ma proprio mai, penso che vorrei che fossero miei. Gli attributi di possesso dovrebbero essere vietati per le persone. Quando sento dire “mia moglie”, “mio figlio” sono sempre a disagio. Anche Mathias lo faceva. C’è qualcosa di bugiardo e di leggermente violento in quei “mio”. Come una impercettibile sopraffazione. Un furto di identità. Nessuno è di nessuno, penso. Tutti, volendo, invece, di ciascuno.

C’è qualcosa dentro di me della ballerina irlandese che lascia i figli per andare in America.

C’è qualcosa dentro di me della madre americana a cui rubano la figlia, Mayme.

La radice remota di una pianta che cresce. Una pianta dentro di te, le tue radici. Mi chiamo Mayme, d’altra parte.

Sono una madre, lo sarò sempre. Senza figli ma madre. Non servono figli per essere madri.

32.

Io di te. Un sogno

Sono venute a trovarmi, stanotte – dici. I tuoi occhi sembrano più grandi, pieni d'acqua, brillano alla luce forte del giorno. Sei contenta?, ti domando stupidamente. Non so mai chiederti di loro, sempre vorrei non farlo. Solo immaginare i tuoi pensieri nel silenzio. Ogni parola sciupa, è sicuro. Nessuna è così precisa e insieme così duttile, e poi tutto è talmente chiaro: più chiaro ancora senza dire. È come se avessimo stretto un patto muto, al principio. Però adesso che è mattina – ogni cosa ricomincia, ogni mattina –, ora che entri carica di dolci e mentre arrivi dici, col primo respiro: sono venute a trovarmi stanotte, ti domando.

Felice, non contenta. Grata, stupefatta e felice. Perché – mi spieghi – è sempre una specie di miracolo e una festa quando arrivano nei sogni: ci sono davvero, ci sono nella vita. Il sogno – lo sai – non è un luogo diverso dalla vita vera: è realtà in una diversa forma. Solo che c'è qualcosa che non quadra, come posso dire? C'è qualcosa che al risveglio pensi: io non ho mai visto quel luogo, non ho mai avuto quel vestito. O anche solo: respirare nell'acqua è impossibile, eppure respiravo e parlavo. Mi capisci? Ecco, qualcosa di irreale. Stanotte invece erano vere.

Vere come?

Erano grandi, cresciute. Erano come sono adesso. Come non le avevo mai viste. Mi sono così tanto emozionata a veder-

le grandi. Ero immensamente felice, riuscivo solo a pensare come sono belle, come sono cambiate, ma non potevo parlare. Allora sono venute loro, in braccio.

Le hai prese in braccio?

Non sarei riuscita. Erano grandi, te l'ho detto. E poi ero seduta, ero nella nostra poltrona. Sono venute loro da me, sulle mie gambe, mi hanno abbracciata. Allora le ho sentite, le ho strette e ho sentito i loro corpi. Il profumo, uguale ma diverso. La pelle, più spessa ma liscia, ancora. Le costole più forti, nel torace. Le gambe lunghe fino a terra, da sedute. Lunghissime. Ci abbracciavamo, ci toccavamo, ci stringevamo. Ci guardavamo negli occhi ridendo. Altro dopo non ricordo, solo gli occhi negli occhi.

È finito così, senza un suono?

Senza parole. Ma un suono c'era, come se fosse il suono dell'aria. Una specie di vibrazione sottile.

Facciamo silenzio. So che pensiamo entrambe alla vibrazione sottile. Cerchiamo di sentirla. Dopo un po' tu dici, voltando la testa verso la finestra: solo l'amore per un figlio è amore, quello vero. E credo che solo quell'amore lì, l'amore per i figli, abbia un suono. Quando li guardi e ti guardano – in certi momenti di silenzio – riesci a sentirlo. Una specie di onda remota, magnetica. Come se un arco invisibile suonasse la corda di una viola che non c'è.

Non può esistere felicità più assoluta – cerchi di nuovo i miei occhi, mi sorridi con i tuoi –, non è vero?

33.

Lascia che sia io da sola

Lascia che sia io da sola, io e basta, ora, a farmi domande. Perché non riesco a liberarmi dal pensiero di te? Cos'hai che mi tocca, che mi cambia? Perché ogni cosa, dopo averti incontrata, mi pare che torni al suo posto: più difficile da definire, più facile da portare?

Non è la storia che racconti, non è quello. Non è la sequenza dei gesti, i misteri, i dettagli. No. Non ho mai nessun desiderio di ripercorrere l'indagine, né tu. I fatti sono fuori da questa stanza, pietrificati altrove: sono tutto intorno al discorso, mai al centro. Dove siano oggi le bambine non ce lo chiediamo mai con le parole. Non c'è stato bisogno di dirlo: semplicemente non lo facciamo. Non sei venuta per questo, del resto: sarebbe stato assurdo. Non per trovare loro, ma per trovare ascolto. Qualcosa di te nell'ascolto. E io, cosa ho trovato che mi appartiene e che non sapevo di cercare?

Ricordavo a stento, di te, dai giornali. Hai bussato, hai detto: parliamo. Perché, ti ho chiesto. Non di cosa ma: perché. Penso che sia utile, lo spero – hai risposto. Per necessità. È passato un momento ed è stato un bisogno anche mio. Ascoltarti, il mio bisogno. Di cosa, mi domando. Perché.

Perché tutto sembrava tranquillo. Ordinato, giusto. Tutto sembrava come doveva essere.

Perché camminavi serena in bilico sul baratro. La normalità. Basta un passo falso. Un passo di lato, impercettibile.

Perché no, non è vero. C'è una ragione, giusto?, che governa le nostre azioni. Ci sono delle scelte, decisioni. Scegliamo le persone con cui vivere, concepire figli, costruire case. Potendo, lo facciamo.

Possiamo? Lo facciamo?

Raccontami di tuo padre, com'era tuo padre quando eri bambina. E adesso com'è?

Raccontami ancora di quando ti ha detto: tu non morire.

Il dovere, il dovere. Non deludere, essere all'altezza. Sei stata brava? Sei stata brava.

C'è un nodo nel cuore. C'è la luce nell'ombra. C'è l'ombra sempre.

Perché serve coraggio, perché serve forza. Perché il coraggio e la forza non bastano.

Anche se sei stata brava, non bastano.

Raccontami ancora dei presentimenti, delle coincidenze.

Siamo tutti destinati a ripetere altre vite? Siamo assegnati al compito di fare nella vita un solo passo, forse in tondo, forse indietro anche se sembra avanti?

No, non proprio questo. Dici: possiamo benissimo togliere il destino dal suo posto, guarda, possiamo sottrarci all'obbligo, vedi. Toglierci dal posto che gli altri ci assegnano, possiamo. Gli altri non sono il destino, è così? Dici anche: trovare il tuo posto nella storia, è solo questo il compito.

Perché il tempo non esiste.

Perché la violenza, l'amore, i desideri e i bisogni, il silenzio e le parole si confondono. Si mescolano. Sempre, quasi sempre.

Perché si può vivere senza. Davvero, si può. Vivere con l'assenza, convivere.

Perché tutto può capitare a chiunque. A te, a me, a chiunque. Davvero non possiamo prevederlo, vederlo, saperlo?

Davvero.

Perché sei gentile. Sei piena di dolore e di amore. Perché hai il dono, il talento del sorriso.

Perché non ti lamenti mai. Questo soprattutto: non ti lamenti mai.

Ragione e sentimento. Passione e devozione. Magia e incantamento. Agire, subire. Amare, farsi amare. Guidare, abbandonarsi alla guida.

Vittime, carnefici. Battaglie. Confini. Dentro e fuori, dappertutto, confini.

Borders, dici. C'è sempre un lato che confina con l'altro, nella vita come nei quaderni.

34.

Io di te. Assenza

È soltanto alla fine di tutto che so, sappiamo entrambe, perché questa storia, la tua storia, non è una storia qualsiasi – certo che non lo è – ed è così potente. Così forte che cambia chi la ascolta. Come si sopravvive all'assenza, mi racconti. Come si fa a stare senza chi si ama più di ogni altro al mondo. Chiunque capisce di cosa stiamo parlando. Non c'è bisogno di immaginare l'esperienza di essere privati dei figli. Chiunque sa che mestiere sia sopportare, trasformare, convivere con la mancanza della persona amata. Un lavoro incessante. Una battaglia continua. Un assedio, come tu dici. La presenza di chi manca è un assedio.

Bisogna riuscire a distrarsi, a volte. È proprio necessario come il sonno, come l'acqua. Bisogna conservare intatta la memoria dei momenti ma non perdercisi dentro, non vivere solo di quelli – nella speranza, nell'inganno che tornino e si trasformino di nuovo nel presente –, e dunque cessare di esistere nei giorni, che sono invece pieni d'altro. Lo scansi, tutto questo altro, come un fastidio. Ignori gli incontri, eviti gli sguardi, dimentichi le occasioni. Invece è nel resto che corre la vita. Bisogna fare pace col destino, qualunque cosa esso sia. La palla che non si incontra col piede, troppo presto troppo tardi, troppo a lungo troppo poco, disincontri, malintesi, io pensavo che tu, e invece tu, com'è possibile che non possiamo unire le no-

stre vite, per quale ragione, non vedi che è scritto, non capisci che non ci sarà mai più una perfezione come questa, che siamo proprio noi, qual è l'ostacolo, non posso credere, non posso arrendermi. Invece sì, invece sì. Bisogna arrendersi, mi dici. Più doloroso di non avere accanto chi si ama c'è solo non sapere dov'è, chi si ama. Non avere neppure il suo corpo da immaginare che cammina altrove.

Ti guardo, ti ascolto e tutto cambia luce. Tu sei la pietra dell'assenza. Sei la sua presenza. Intanto sorridi, e mi parli d'amore. Un amore nuovo, un altro amore. Lo descrivi. Non toglie niente a tutto il resto, al contrario: ti sente, ti tiene, ti accompagna, ti toglie lo zaino dalle spalle quando pesa troppo, nella marcia. Ti abbraccia.

Cercare, viaggiare, vedere, provare a capire il disegno grande qual è. Questa è la sola cosa che possiamo. Non fermarci, non soffocare mai il desiderio. Un altro passo. Un metro in più. Dimenticare e ricordare. Portare fuori e riportare al cuore.

Questo dici, prima di mettere le tue cose in borsa e ripartire. "L'amore non si dimentica di te anche quando tu lo ignori. Torna, bussa. Se non rispondi ti porta a fondo. Devi averne un po' paura, ma più di tutto devi mostrargli il tuo coraggio. Devi esserci, quando chiama. Devi essere lì e prenderti cura di lui. Solo se lo lasci libero di andare puoi vederlo tornare."

35.

Elenco. Parole

Dimenticare, ricordare.

Etimo, radice: mente, cuore. Se dimentichi allontani dalla mente. Se ricordi riporti al cuore. (*Natalia Revuelta, la donna che ha amato Fidel Castro prima che diventasse Fidel, quando aveva vent'anni, nell'unica intervista mai concessa: "Ho impiegato tutta la vita per trasferirlo dal cuore alla mente". Un tragitto così breve e così tanto tempo. Poi, dalla mente, si dimentica. Non dal cuore.*)

Esistono anche scordare, rammentare. L'opposto: allontanare dal cuore, riportare alla mente. Indice di frequenza molto basso nell'uso comune. Regionale o letterario. Uno a mille. Vincono, nell'uso della lingua parlata, ri-cor-dare e di-men-ticare. (*Recordare, dalla "Messa di requiem" di Mozart, cantava nonna Klara.*)

Sinonimi. Dimenticare, obliare. Oublier. Olvidar. Dal latino oblivium. Ob-liv. Verso l'oscurità. Diventare oscuro. Anche: scolorire. (*Oblivion, Astor Piazzolla: musica – tuttavia – inolvidable, indimenticabile.*) Dalla luce al buio, ci vuole più coraggio a dimenticare. Entrare in ombra.

(*Dimentichiamo quattro cose al giorno, dice uno studio sulla mente. Il cervello umano archivia quattro oggetti ogni giorno, li elimina – leggo. Dove vanno? Si possono recupera-*

re? Come? Inoltre: quattro, perché quattro? Come fanno a contarli?)

Vedovo, vedova: chi ha perso il coniuge/compagno. Dal sanscrito: vindhale. Vuoto. Diventare vuoto. Ma anche: che non sta in due, quindi solo. (*Chi non sta in due. Gemelli. Generati in due, partoriti in due, cresciuti in due. Dunque: se uno perde l'altro, è vedovo di gemello?*)

Uxoricida: chi uccide la moglie, uxor. Per estensione, chi uccide il coniuge. Chi lo perde per sua mano.

Orfano, orfana: chi ha perso i genitori. Dal greco orphanos, in latino orbus. Privato, mutilato. Senza un pezzo. Anche orbato, in italiano. Non specifico. In Dante: orbati della luce. Ciechi: siete orbi? Privi di occhi. (*Di nuovo il buio. Oublier, andare verso il buio orbati di memoria, allora.*)

Parricida: di figlio che uccide il padre, per estensione un genitore.

Infanticida: di genitore che uccide un figlio.

La parola mancante.

Genitore che perde un figlio. Non che lo uccide: che lo perde. Come si chiama, come si dice, chi è qualcuno a cui è morto un figlio? Che posto occupa nella storia? Parola mancante, parola mancante. Mancanza, assenza. Chi l'ha cancellata?, quando? dal dizionario italiano, francese, tedesco, spagnolo, inglese. E poi: perché?

In tedesco: manca. In francese: manca. In italiano: manca. In spagnolo: manca (deshijado, desueta e in disuso, indica colui che non ha figli. Che non ne ha generati). In inglese: bereaved, deprivato di chi si ama. Non specifica. Chi si ama, chiunque si ami.

In ebraico, eccola. Dalla Bibbia riemerge. Av shakul, maschile. Em shakula, femminile. Verbo: shakal, perdere un figlio. Genesi 27, 45. Isaia 49, 21. Geremia 18, 21. Antico Testamento. C'era, ed è rimasta nella lingua moderna.

In arabo, c'è. Thaakil, maschile. Thakla, femminile. Dalla stessa radice di shakul, la stessa origine.

In sanscrito: vilomah. Contro l'ordine naturale, letteralmente. Non specifica, ma frequente nell'indicare la perdita di un figlio. (*Mi piace molto, vilomah. Chissà se quest'"acca" alla fine si aspira, si respira. Mi piace molto il sanscrito, una radice un mistero.*)

In greco moderno: charokammenos. Bruciato dalla morte. Charos, il maschile della morte. Non specifica, ma usata di preferenza per genitore che perde figlio. (*Non mutilato, come vuole il termine orbato, ma bruciato. Non un pezzo mancante ma l'intera persona ustionata: nel corpo, piagata, e nell'anima. Tutta. È più giusto. Più esatto.*)

In greco antico: orphanos, indistinto, indica i due lutti. Di chi ha perso il padre, di chi ha perso il figlio. Nelle due direzioni, la mancanza, identica. (*Ma non è uguale. Non è uguale. Perché non esiste una parola per indicare il dolore di Andromaca di fronte alla morte del figlio Astianatte gettato dalle mura di Troia? È come perdere un'anziana madre, perdere un figlio neonato uscito dal tuo corpo?*)

Orphanios, con la *i*. Un solo caso. Un epigramma dell'*Antologia Palatina*. 7,466. Libro settimo, quello degli epigrammi tombali. Frammento 466: Leonida. Madre sulla tomba del figlio: povero Anticle, povera me. La mia vecchiaia sarà vuota di te. Orphanios. Ecco, con la *i*. Una licenza poetica, dicono le note a margine. (*Solo la poesia vede quel che gli altri non possono, non sanno o non vogliono vedere. La poesia e la musica.*)

Teknoleteira. Sofocle, *Elettra*, 108. Antigone parla dell'usignolo che ha perso il figlio. (*La musica, il canto di un usi-*

gnolo.) Radice: da teknon, bambino, e ollumni, perdere ma anche uccidere. È una parola usata una sola volta e molto controversa, scrive una studiosa. Elettra piange la morte del padre Agamennone e si paragona a un usignolo: "Come un usignolo che ha perso il suo piccolo resterò qui sulla porta di casa di mio padre e per tutti risuonerà l'eco del mio dolore". È un riferimento a Procne, figlia del re ateniese Pandione, trasformata in usignolo. (*Niobe figlia di Tantalo, a cui Apollo uccide i sette figli, è trasformata invece in roccia. Una roccia, a volte, e altre un usignolo. Come pietra capace di cantare. Un canto che gli umani non sentono. Un canto sott'acqua. Il canto delle balene. La mia voce e la loro, segreta. Solo per noi.*)

36.

Io di te. Il nostro posto

Aiutami a dire quello che non si può dire, chiedi.

Sarebbe questo il risultato più strabiliante. Riuscire a dire a voce alta e a occhi asciutti cose che non si possono dire perché nessuno ha un posto dove metterle, non vuole proprio tenerle in mano, bruciano. E tu – quando ti domandano di te – ti senti in colpa per il fatto di essere un tizzone rovente che ustionerà chi lo tocca. Lei ha figli?, ti chiedono. E taci. Sì, due. Vorresti dire. Perché è così, ne hai due. Sono lì ogni istante. Dell'assenza non ti puoi mai liberare. Della presenza sì, ti dimentichi a momenti. Sei in un'altra stanza, sei concentrato su un lavoro, sei preso altrove, non ci pensi: sai che la presenza se ne va ma torna, può tornare con un gesto, è facile. Dell'assenza non ti dimentichi mai. Non ti permette distrazione, mai. Allora dici: sì, ne ho due. Poi dovresti aggiungere: però sono morte. Probabilmente morte, se proprio vuoi essere precisa. Ma non lo dici. Sul momento non lo dici e dopo è troppo tardi e non trovi più il coraggio di farlo. Coraggio, ho detto, sì. Perché ti vergogni di provocare imbarazzo. Riesci a capirmi? Sai che quando l'avrai detto l'altro avrà da quell'istante e per sempre un sentimento di orrore con qualche pietà, di rifiuto, qualcosa che il secondo prima non c'era – nei sorrisi e nelle parole di circostanza – e il secondo dopo diventa indelebile. Non lo volevano sapere, real-

mente: non lo volevano sentire. È un difetto di sistema marginale, questo – dici ritrovando il tuo lessico di donna d'impresa, curiosamente, proprio mentre affondi le mani nella scatola nera dell'anima –, è un minimo danno collaterale quello di sentirsi colpevoli di mettere in difficoltà uno sconosciuto che ti rivolge la parola in treno. Collaterale e minimo, intendo, dici, rispetto al dolore perfetto. Perché anche questo va detto – posso accendere una sigaretta, ti dispiace? Apro la finestra? –, va detto che la perdita di un figlio è la pietra di paragone, la misura aurea del dolore. Il metro. Ogni altra difficoltà della vita – una malattia, un dolore fisico lancinante, un abbandono, una povertà estrema – è contenuta in quel perimetro. Si ridimensiona, in un certo senso conoscere i confini è un privilegio. Lo so, lo so: sembra un'eresia dire che è anche un privilegio, conoscere i confini del dolore. Eppure è così. Nella vita dopo, è così. Ho letto una volta un libro, La donna giusta, *di Sándor Márai. C'è una persona che parla di questo e all'altro dice, mentre racconta di sé: tu non lo sai, lo vedo dal tuo sguardo, non sai di cosa ti sto parlando e ti compatisco. Più o meno, questo è quel che ricordo. Ricordo il verbo: compatire. Avere pena di chi non sa. Avere il privilegio di sapere. A che prezzo, certo. Ma quello che è davvero prezioso – la conoscenza, per esempio, ma anche l'amore profondo – ha un prezzo sempre, no?*

Ecco, sai cosa sarebbe bellissimo? Che le persone con cui parli di te avessero la capacità di fare silenzio, di stare in ascolto, di non sentirsi in obbligo di commentare con frasi precotte e atterrite. Di accogliere, dare un posto a quel che stai dicendo. In fondo non è così insolito, sai? Ci sono migliaia di persone ogni giorno che perdono un figlio. Incidenti malattie droghe guerre violenze follie. Ogni minuto. E allora mi domando, perché le nostre lingue hanno abolito la parola per dirlo? Sei vedova, se hai perso il marito. Sei orfana, se hai perso un genitore o entrambi. Ma io, noi cosa siamo? Dirai: che t'importa avere una parola. Importa. Perché avere un nome è avere un posto, una casa fatta di pensieri già pensati. Un luogo tiepido che porta traccia di migliaia, milioni di persone passate da lì prima di te. Ti fa sentire, nell'errore, al tuo posto. Un posto doloroso e illuminante, un posto difficile ma previsto nella storia del mondo.

Ora però facciamo due passi, che ne dici? Andiamo a vedere, perché mi sa che fuori è primavera.

Se questo libro

Concita e Irina sarebbero felici se questo libro riuscisse a sostenere e a far camminare a lungo il lavoro prezioso di Missing Children Switzerland.

www.missingchildren.ch

Indice

Printed in Great Britain
by Amazon

22030614R00078